独角马 · 中篇轻读文库

U0112758

末末

张抗抗

海峡出版发行集团 | 海峡文艺出版社

目录

荧惑

夏天的傍晚，我走出地铁口，穿过一片高楼之间狭窄的阴影。一抹惨淡的晚霞，挂在楼顶一角；黑压压的乌云，从另一边卷过来。狂烈的干热气浪，吸尽了国槐、青杨、元宝枫树干内储存的水分，树叶一片片软软地耷拉下来，好像被抽去了经脉。行道树上热衷于发表意见的蝉，集体沉默寂静无声。它们究竟是呼吸暂停，还是睡着了？无法确定。

正是高峰时段，马路上车流蠕动，却仍然让人觉得城市空空荡荡。蒸腾的热气里，潜藏着一种莫名的不安，唯有路边一排粉红色小花开得正旺。不太确定持续的高温是否意味着副热带高气压带控制，或是即将形成强烈的对流云团。总之，夏季的暴风雨或是台风迟早会来，或许还有洪水。不过这些与我无关，我只关心今天是否会下雨，因为我没带伞。

奄奄一息的街市渐渐复活。走过一个小路口，见路边的夜排档已经开张，一张张白色的塑料小圆桌铺排开去，啤酒、烧鸡、花生米、煮毛豆，烤肉串冒着烟雾，人声喧闹。前几年已经取消了街边烧烤，淄博火了以后，如今墙边被允许摆摊儿撸串，脏乱差总比关闭的卷帘门好些。然而，落下的卷帘门还是太多了，我知道那里曾是门口排队的奶茶店、挂满衣物的洗衣店、馨香美艳的鲜花店，仿佛一夜间都消失了。

我急急赶路，像风火轮上的哪吒，滑过路

边两个衣着靓丽的女孩子。她们是双胞胎吗？大大的眼睛，尖尖的下颌，标准化或是格式化的那种漂亮。金黄色的吊带衫，粉红色的短裤，露出一圈白皙的腰，像两根剥开的彩色雪糕。曾在抖音上瞥过一眼，今年夏季青春装流行色彩鲜艳的“多巴胺”风格，是多巴胺刺激了时装，还是时装刺激了人体的多巴胺？我的目光扫过周围，搜寻那些街拍爱好者是否藏在树干后头偷拍女生。也许他们去了时髦的CBD（中央商务区）商圈？不确定。

走过一家星巴克，大玻璃门正在开合，进进出出的人，拎着黑色的公文包。从大玻璃窗望进去，里面竟然很拥挤，小圆桌旁围着一些男人，埋头在笔记本电脑上，像是有干不完的活儿。有一次我曾问过蕾表姐，他们是在模仿巴黎咖啡馆写作的诗人吗？她摇头：这些人，都是所谓的慢就业者，躲在这里假装业务繁忙。

乌黑的云团卷压过来，似有一股不可阻挡的力，正从天穹深处涌现，像极了如今ChatGPT（聊天机器人程序）与生成式AI（人工智能）的奔涌浪潮。云中传来低沉的呼啸，而地面则无声无息。明暗各半的天空，像一块老化的塑料布，在风中被撕扯。那些翻滚的云层，会不会裂成碎片，像雪花一样飘落？

碎片是我们生活的常态，尘土般的微粒是否已填满所有的空间？

我不太确定。大多数情况下，我总是忐忑犹豫。

唯有一件事可以确定：此刻我正去往蕾表姐的公司，每隔几周她会约我在办公室见面。她有一间宽敞明亮的办公室。在那里我不喊她表姐，而是称呼她“蕾总”。

最近我与蕾总“失联”了，无论试图和她语音通话、发语音留言或是发文字信息，微信始终保持静默。蕾表姐一向是个靠谱的人，事无巨细都要操心。唯一的可能是累病了？她曾透露手头正在操作一个AI大项目，有点神秘。

平时我很少与人交往，高中、大学同学和阶段性的同事，走着走着就散了。唯有蕾表姐是一个例外，像一块磁铁吸附着周围的铁钉。

自从我“灵活就业”以来，大部分时间都躺在床上或沙发上看书，我原本就是文科生，喜欢历史、文学、哲学书籍和网上的博文，不敢说博览群书，日过几万字稀松平常。看得眼睛酸涩，戴上耳机听音乐，或是刷手机上的快手、抖音。短视频一条条蹦出来，就像西北那种名为“一根面”的面条没完没了，不确定在哪里咬断。偶尔也浏览科普读物，却攒下许多疑问。两年下来，我终于活成了大学时代曾经嘲笑同学的那种“知道分子”。其实呢，做一个知道分子并不容易，一旦掌握了基本常识，没人再敢忽悠我。在我看来，这个世界所有的一切都是不确定的，不确定肯定是确定的。只是我懒得与人分享。我对自己的懒散懈怠比较了解，但我不想改，也改不了。

一周前蕾表姐曾微我，说这几天让我去一趟她的公司，要和我谈点事儿。我猜想肯定与科技有关。蕾表姐是要给我补课吗？不确定。可以确定科学知识是我的短板。然而一周过去，她好像已经把自己的邀约忘记了？

刚刚我在床上刷手机，一条信息忽然从微信里蹦出来：下午我有点空五点钟你过来——蕾表姐从不使用标点符号。在这个读秒时代，标点符号会影响输入速度，她一直生活在速度里。她的微信头像是一粒暗红的星球，远看像一颗即将成熟的石榴。蕾表姐的微信名叫火星，是去年新改的，我不确定她是否迷上了火星。

蕾表姐从不邀请我去她家聊天，我已经很多年没见到那个表姐夫了。我也不愿让她来我家，我的小房间太脏太乱，仅有的一把椅子嘎嘎作响。再说，父亲如果知道蕾表姐来了，会抓着她讨论数学的圆周率是否能被除尽，说个没完。

二十年前，我小学还没毕业，蕾表姐已是当年本市的高考状元之一，考入国内一家名牌理工大学，本科毕业后拿全奖去美国麻省理工学院硕博连读，又去硅谷打拼了几年，然后成为“海归”。她学的是自动化专业，一起步就在科技应用领域的前沿。她十年前回国，开了一家小公司，代理国外的几款先进软件，销售业绩相当不错，一年后就开上了奔驰车。没过几年，蕾表姐的公司扩大了规模，公司董事长是蕾表姐的富婆闺密，玩一把风投，公司丢给她，不过问具体业务。蕾表姐找来一些“有情怀”或是怀有各种动机的人，成为她的股东与合作伙伴。蕾表姐担任总经理后，公司的发展速度变成了百米跨栏障碍赛，她说一口流利的美式英语，一年出差好几趟，去硅谷或是以色列，就像去逛商场，但她恰恰很少逛街。你看她平时走路的姿势，像极了一头昂扬的长颈鹿……以上这些都是听我妈妈说的，她认为蕾蕾是我家堂表兄弟姐妹中的优秀榜样，让我向她好好学习，所以从小我就躲着她，避免作为一种优劣的对照物。一直等到我大学毕业参加工作以后，经历了多任废物老板，才发现蕾表姐每次的重大决策都比别人快一步。不过蕾表姐仍然和表姐夫住在结婚时的房子里。除了那辆开了多年的奔驰，她好像永远没钱，因为她把所有赚的钱都用来投资了。

我看一眼手机时间，已经四点多了。我在

手机上双手击键，好的，马上！

我看见自己的头像飞速弹了出去，一座火星探测器瞬间在火星上降落。这是蕾表姐替我设置的。可以确定，她痴迷于所有的电子设备。我一边跑下楼梯一边猜想：她究竟找我干吗呢？她明明有助理，总不至于让我帮她去小店铺修拉链吧？蕾表姐善于处理公司的一切事务，就是不擅家事。我妈妈曾用不屑的口吻做出评价：你表姐啥都好，就是少了烟火味儿。她没当过妈，缺点妈味儿！

我和蕾表姐似乎处于地球的南极与北极，我是浮在冰面上陷入沉思状态的北极熊，她是小步快跑风雪无阻的企鹅——虽然外观都是白色，但企鹅有翅膀，北极熊没有。

进了那家外观一般般的写字楼，上电梯到 9 楼，拐弯就是蕾总的办公室。门敞开着，几个中年男子，在沙发上围了一圈，耷拉着头，有人提高了嗓门，分明在气恼中，气氛有些紧张。我进也不是，走也不是，只好站在门边发愣。

顺便环顾了一眼蕾总的办公室，发现原来墙上的一幅图片不见了，换上了一面大屏幕，正对着蕾总的办公桌，蛮有气派。窗台上摆了一盆新鲜的绿植，也许是绿萝，也许是文竹，不确定。反正过不了多久，它们都会枯萎下去，因为她经常出差，就连仙人掌都养不活。

蕾总坐在靠窗的办公椅上，正低头看手表。她喜欢用腕表确认钟点，而不是用手机。通常她戴一块银色的欧米茄坤表，白色的表带，把时间分分秒秒绑在自己手腕上。镜片下的每一瞥，时针都不可能从她指尖溜走。每次看到她的手表，都会使我想起达利那幅《记忆的永恒》：扭曲软化的钟表，悬挂在荒原上，变形的时间软塌塌地流下来。有一次我用不屑的口吻说：手机早已成了身体的一个器官，如今谁还看手表呢？表姐坚决反驳：你看，每次还要点亮手机屏保，最快也得 10 秒钟。手表呢？一抬手即刻而知。她看了一眼手表，意识到回答我这句话用去了 10 秒，显然有点心疼。

旁听一会儿，我大概明白了，在座的都是

智汇公司的小股东，前来兴师问罪、抱怨责问、施加压力，顺便讨个说法。大致内容如下：

……如今人工智能闹翻天了，上半年还在说元宇宙、元宇宙元年，下半年又来了一个AI，就是那个ChatG……GPT，哦，不对，是GPT（读起来有点费劲，打了磕巴），蕾总曾在股东大会上讲解过，我还是没太听懂。据说这个东西无所不能，将来会计、律师、医生、建筑师那些岗位都要被它取代，那么，难道连我们都要失业了吗？据说这种ChatGPT还有自我学习功能，可以代替人脑思考，那么，将来中学和大学统统都可以关门了？智汇公司热心投资ChatGPT大模型，但是上半年已经过去，公司的财报还没出来，只好登门拜访。你一再说智汇公司会有效益，可我投了上百万，三年过去，公司一分钱分红都没有。去年底公司的财报利润是0，今年已经过半，弄不好还是一个0？你得给我们说清楚了，这种所谓最先进的AI大模型，可有靠谱的盈利模式？哪天才会盈利？

蕾总无动于衷地倾听完毕，快速回应：

你们说得没错，公司去年利润是 0。你们做好思想准备，今年公司的利润可能还是 0，甚至负数。ChatGPT 为啥又叫大模型？它由海量的数据训练而成，用来生成无限量的新知识。数据也称语料，需要进行人工采集输入，所以才叫人工智能。智能机器人进步的速度太快了，甚至超过了人类的预期。你们只知道微软、谷歌、英伟达，但你们听说过今年开始的国内百模大战，还有七国争雄吗？AI 行业正在加速洗牌，进入了 ChatGPT 的激烈竞争，赛道已经响起了发号令，已经有几十家公司得到了备案许可……

有人嗫嚅：听说过百模。那都是国内顶级大公司，我们顶多给人做配件……

蕾总立马振奋了，镜片后面的目光像是刚刚充过电……

大公司都是小公司发展来的。我负责地告诉大家，智汇公司的几个项目，已经排进了 GPT 行业的排行榜。今年的 0，不等于去年的 0，我们的努力是有成效的。一旦获得了那个关键的1，前面所有的0，都可以无限增值！

众人哑然。

蕾总终于看见我了，她指了指门边的一把折叠椅，示意我坐下。

现在我给大家演示一下。蕾总把桌上的笔记本电脑转了90度角，我赶紧站起来，走过去歪着脑袋看屏幕。她一边移动着无线鼠标一边说：你们看仔细了，这是一种GPT生成软件，最简单的那种。我输入“流水”“小桥”“芳草”“鲜花”几个英文单词，然后让它开始工作——

瞬间，屏幕上出现了一幅色彩鲜艳的图片：绿色的草地、白色的流水、棕色的木桥、紫色的藤萝花，结构错落有致，画面完整，带有西洋油画风格。

再轻轻动了一下鼠标，画面变成了黑白色的水墨画。

你们有谁向它提问吗？无论什么问题它都能回答。

那些人想了想，一个头发谢顶的男人问：

智汇公司什么时候能盈利？

蕾总把它译成了英文。

GPT 回答（英文）：当它的智慧被运用在最恰当的地方。

众人相互交流了惊诧的眼神。又有人问：你到底是人，还是机器？

GPT 回答：很快会诞生仿真机器人，但在它拥有自主意识之前，它并不具备真人的属性。

我一时兴起，凑上去，亲手打进了一行字，存心为难它。它很快回答：

十年前的传统观点认为，人工智能首先会取代体力劳动岗位，然后是知识型劳动岗位，再然后可以做创造性工作。现在看起来，它会以相反的顺序进行。

你确定吗？——确定！

我不得不承认，这个家伙挺厉害的。

蕾总站起来，微笑着说：以前的 AI 是人工智障，只能给人类做工具；但是未来呢，说不定人类只能给 AI 做助手了。

那些股东们沉下脸，显然不愿再和难缠的 GPT 纠缠下去，先后借故离开了。

蕾总把门关上，风轻云淡地丢下一句：这些人，在背后议论我在“自嗨”，自嗨有什么不好呢？我就有这样的自信！总有一天，我要让他们都嗨起来！

她拿起一个遥控器，把办公室的顶灯、线灯、壁灯全都打开了，雪亮通透的灯光下，蕾表姐像一面发亮的荧光屏站在我面前。她亲自为我冲咖啡，丝毫没有抱怨的意思。

眼前的窗玻璃模糊下来，街市渐渐隐没在昏暗的天幕下。望着窗外，对面的楼群窗户星星点点地亮起了灯光，明亮的楼窗与黑暗的天空，被划分成两个不同的场域。那么，对面楼窗的人看过来，这个房间是否像一个小舞台，有一个正在自嗨的身影，跳过商界俗世的藩篱，沉醉于她内心隔绝的空间。这个充满活力的女人，与那些路上匆忙或是悠闲的行人，有关系吗？不确定。

蕾表姐说她这里只有速溶雀巢，没有卡布奇诺。

她知道我喜欢卡布奇诺，那层厚厚的泡沫，可以把嘴巴藏在里面。

未未，你知道我最近在想些什么？她叫我的名字，听起来就像是“喂喂”！我觉得“喂喂”不错，模糊的，虚空的，没有所指，就像本人的一个代码。

不清楚，我没有特异功能，蕾总。在老板面前，必须谦虚谨慎。

我告诉你啊，我的脑子里总有一串串问号盘旋，像一架架无人机。

无人机？它们飞去哪里？

它们载着许多问号，飞着飞着就不见了，或许飞向了未知的未来。

未来？我斗胆反问，未来太奢侈了，那是埃隆·马斯克才关心的事情，你的公司目前最需要创造利润……

目光短浅！蕾表姐打断我，语速加快，我听见了未来的敲门声，不不没有敲门声是电子锁无声解码这个世界将会发生彻底改变人类古文明直到现代文明几万年的大变局！也许是第四次工业革命。但是并没有太多人意识到机会或是危机的来临去思考人类如何应对变革！刚才那些股东们，总对新事物抱怀疑态度，缺乏远见，而今天这个时代，更需要科技头脑的超前目光……

她苍白的脸浮起一层红晕，像是被自己感染了。

哎，未未你说，十年二十年以后，这个世界会是什么样?

这个问题很难回答。以目前这般神速，十年后的世界基本是科幻了。

想起几个月以前，有一次蕾表姐忽然微我，让我到她公司去一趟。我猜测除去小铺子修鞋子，也许会有其他不寻常的事情发生。

蕾总的办公室，靠窗一张老板桌，几乎有一张小床那么大，上面是电脑、文件，堆满了电子产品。靠墙还有一排长长的铁柜子，锁着什么样的秘密？她把桌上的一个纸盒打开，拿出一个奇怪的东西：黑色的环形圈圈，像一只头盔或是紧箍咒。前面有一副凸起的眼镜，像以前看立体电影的那种 3D 眼镜，更像是一条盘起来的眼镜蛇。不太确定。还有两只无线的白色“吊环”分别抓在手里，那是遥控器。蕾总口令：把它戴上！我就乖乖戴上了。蕾总指示：把按钮打开！我就打开了。蕾总问：你看到前面的小屏幕没？看见了看见了！点击你喜欢的那个屏幕。我就伸出食指，点击了一个闪亮的“多巴胺”屏幕。屏幕瞬间放大，出现了一片深蓝色的海水，五颜六色的海滩，一些穿着比基尼的女孩子在走来走去，或者躺着晒太阳。她们距我那么近，我看见她们丰满的胸脯上滚动着晶莹的水珠，被海水打湿的头发上披一层细沙……

我忍不住伸出手去，试图摸一下其中一个漂亮女孩的头发。

却什么也没有，我的手是空的。空气从我指缝里流过，我什么也没抓住。

她们明明是“活”的人嘛，在我面前蹦蹦跳跳。难道我出现了幻觉？

我又选择了另一个屏幕：一辆红色的跑车

飞一样冲我开过来，越来越快，我来不及躲闪，跑车从我身上碾压过去。我尖叫一声，腿脚都断了。我肯定流血了！我摸自己的手，感觉不到疼痛……

好了好了，停下吧！蕾表姐的声音隔空传来，变了腔调。

我把头盔摘下，眼前的屏幕瞬间全都消失了。这是魔术，还是巫术？它是真的，但又不是真的。我诧异地盯着蕾总，两腿似被施了定身法。“紧箍咒”在我手里捏出了汗，这条“眼镜蛇”分量很重。

我忽然大喊一声：传说中的元宇宙游戏吧？三维世界？

蕾总哈哈大笑：让你开开眼界！这只是元宇宙游戏的广告片！好玩儿吧？

早就听说过元宇宙游戏，原来是3D的加强版？不过元宇宙科技含量更高，不需要大屏幕，随时随身戴上“眼镜蛇”就可以呈现了。每一个观众都置身于逼真的环境中，比如大海冲浪、草原骑马、悬崖攀登、珠峰登顶、侠客亮剑、饕餮大餐、降魔、谍战、破案……你可以变身超级大老板住在世上最奢华的别墅里，你可以当上总统走过红地毯，你可以成为超级巨星在演唱会上受到万人欢呼，你可以让身边簇拥着无数的美女……面对元宇宙，你将美梦成真，天下无敌！在这里，你能实现所有的愿望，包括那些隐蔽最深的欲望……有学者认为，元宇宙将建立一种另类的空间感，建立社会新的组织方式以及结构方式，使得社会群体的相互连接成为可能。

但我并不觉得元宇宙游戏有多么诱人，反而产生了一种被欺骗的警觉。我偶尔也在网上浏览最新科技动态，但我对所有的新奇事物，一般都以怀疑开始，以拒绝结束。我用警惕的目光盯着蕾总手里的那个“紧箍咒”，她拿在手里摆弄，就像在玩着一条被驯服的眼镜蛇，一边说：

未未，这个仅仅是元宇宙的初级阶段，未来的三维仿真游戏，几乎可以满足人的所有愿望。人不再需要努力工作，而是沉迷于元宇宙提供的虚拟幻象之中，自我欺骗、麻醉，为此疯狂，巨大的商业利润绑架高科技产品建立新的商业模式，没有一道法律能够禁止它在未来泛滥成灾。但是，尽管这些产品具有无法估量的商业价值，我的智汇公司目标绝不在此！我有更重要的事情做，是对社会发展进步有重大贡献的那种，而不仅仅只顾自己赚钱。今天让你来体验一下，就想提醒你千万不可沉迷这类游戏……

我连连点头。我一向对游戏很不屑，那是打工者与初中生的娱乐活动。我喜欢刷短视频，短视频涉及的内容太广阔了，那是另一个真实的世界。短短几分钟就可以看到逼真的社会现实还有智者的良心话，讥诮锋利，有声有色，丑陋的和美好的，用碎片填满破碎，用碎片拼接碎片。假若生活中没有短视频，就像《失明症漫记》描述的那样了。

那一刻蕾总的眼睛像眼镜蛇一样凸起，发出幽绿的亮光。

不过我反对极端！假如有公司开发出更高

级的游戏软件，比如，移民火星的元宇宙游戏，那时我愿意戴上这副眼镜去登陆火星！

回到了眼前的蕾总办公室，我决定实话实说：

十年二十年以后无法预料，生活也许会变得美好，也许更糟，不确定。顶级科学家也无法预测未来。我只是有些担忧：假如ChatGPT替代了大多数工作岗位，只剩下2%的人在创造价值，那么98%的人是否就都没有价值了？与此同时，一艘一艘星舰，正在搭载地球精英陆续逃往火星？

No！No！No！蕾表姐打断我，她一着急就会使用英语单词，好像这样更有表现力。那不是逃往火星，而是移民火星。平行宇宙中有多少未知的星系呢？或许人类就来自其他被废弃的星球？你若是用未来视野看世界，就知道地球资源终究会被人类用尽，人类必须开辟新的居住地……她不顾及我的感受一口气说下去。

那么人呢？人在哪里？我更关心人的未来！我在心里反驳蕾总：没有人文的科学，科学为谁服务呢？我更想知道人类在毁灭之前，究竟如何生存？就算未来家务全都由智能机器人担负了，比如ChatGPT绝顶聪明，能帮人考试考级、给人看病理财翻译、为人做饭洗衣打扫卫生；未来的城市上空，飞翔着地空两用的电力飞行汽车，再也不用担心马路上塞车；家里安装着完美的监控系统，你可以在东半球监测西半球的父母有没有跌倒（最近我老爸已经跌倒了两次，幸好我在家）。那又怎么样？未来人怎样才能活得快乐无忧？未来人是否还相信爱情呢？不确定。

未未，你对未来的理解肤浅了，让我失望。蕾总不屑地瞥了我一眼。未未同学，你对任何新鲜话题起码怀疑三次。如今，其实很多人都在一点点死去，从麻木的四肢直到神经系统，僵硬！麻痹！就像得了渐冻症。这种病明显具有传染性。

我一时无法和蕾总争辩，颓了。我的知识存储量明显不够，只好闭嘴。

这一次科学技术革命，几乎等同于神的创

世记！未来的世界会彻底变样，目前所有的生活方式都会被替代！蕾总豪迈地宣告，像是在股东大会上讲演。

那一刻我想起老爸。他是一个沉默寡言的男人，一生的话似乎都早已说完。我的妈妈是个爱讲话的女人，于是就和另一个爱讲笑话的男人走了。老爸亲手为她打包行李，妈妈走了以后，他变成了一个哑巴。

奇怪的是，前些天，老爸突然说话，一开口石破天惊。

小未，地震了！难道你没发现？脚下的地板在抖，我的骨头都要被它抖散了。你看，我的胳膊也在晃荡！如果不是地震，也是火山爆发，或许是小行星撞到了地球？你去帮我查一查……

老爸的筷子在抖，肉片掉在桌上；老爸端茶杯的手抖，茶水泼在地上；老爸看报纸，报纸发出响声；半夜里我被隔壁老爸的床铺摇动吵醒，妈妈走了以后，很久没有听见床的摇动声了……

我奉命去抖音帮他搜索新闻，无数字节跳动，飞速掠过，全世界的八卦新闻爆棚，也许有一半都是假消息。没有地震，没有火山爆发，只有远方传来听不见的战争炮声。龙卷风、飓风、森林大火远在万里之外的太平洋东岸，传递到八达岭长城有相当难度。几天以后，我陪老爸去医院神经内科查了一查，折腾几番，确诊老爸处于帕金森病早期。我的脑中闪过第一个念头：帕金森病会不会遗传？

此时，面对蕾表姐自信的预言，我忽然明白：老爸的帕金森病来自地球的深层震颤，或是外太空的太阳风与星际穿越。电磁波、暗物质、波与粒，分分钟都在穿越人的身体。老爸是一个退休的数学教师，第六感官的灵敏度异于常人。或许他接收到了这些异常信号，但是他无法使用 ChatGPT 进行数据分析，只好把震荡感纳入自己体内。此刻坐在这里的人，应该是我老爸而不是我。

为了转移话题，也为了回应蕾表姐的惊人之语，我把老爸的反常表现告诉了蕾表姐。

蕾表姐果断回答：那就对了！科技革命必定在人体内引发激烈震荡。大模型会迭代升级，泛行业应用。今天向你剧透一下：我创建智汇公司十年来，一直在积累知识大数据，已经给几百万本行业书打了标签，也就是 IT 的行话——语料！备好了语料，就像储备了丰富的食物，才有条件创建多模态的行业大语言模型。

我弱弱地问：难道，我爸的病，要等马斯克的脑机接口芯片来救?

在未来，帕金森病、渐冻症、阿尔茨海默病、抑郁症，所有神经系统的问题，都不是问题！

蕾总的兴趣点显然不在我老爸那里。她陷入了持续兴奋。

未未，今天我请你来，就想给你演示一下 ChatGPT，让你了解大模型。我在 IT 行业十几年，心里一直有个大目标，说远大也不过分。智汇公司的产品开发绝对不走模拟仿真这条路，我想建一座专业的知识图库，留给未来使用。ChatGPT 生逢其时，可以帮我实现，也许很快就可以实现！过几天，我带你去一个地方，你才会了解你蕾表姐这些年都做了什么……

我连连点头表示同意，把疑惑的目光移开，懒得问一声到底要去哪里。假如我对此表示异议，我死亡的速度还将更快。蕾表姐发表意见一向犀利精准，甚至可以精确到百分比后面再加小数点。虽然我还不到三十岁，如果不是还有这个蕾表姐管着我，我也许早就不在人世了，我指的是精神上的死亡。虽然有一次我愤怒地把一本书朝她丢过去，差点把她的眼镜砸落。她把书捡起来，狠狠地拍在我屁股上。谁让她是我的表姐呢！

我暗暗猜测，她要带我去的地方不是工厂，就是油田。这几年智汇公司的工程师一直在各个厂家来来去去，把智汇公司的智能芯片，安装在各种产品的流水线上，比如果汁、牛奶、椰子汁，通过二维码对每一件产品的包装盒自动检测筛查，节省 90% 的人工。然后他们又开始进军油田，在每一口油井上安装一台智能管控仪，回收生产参数，自动调节油与水的压力。据说已经安装了上万口油井，稳油控油的效果不错，也挣到了一些钱。

其实我已大概了解到，蕾总眺望油田已经好多年了。最近几年她的宏大理想猛然升级，打算用ChatGPT在油田建立知识工程。通俗的表述就是创建油气大脑，也就是油气知识图谱——这个计划听起来很美好。

但我对油田一点兴趣都没有。我只听说过油管，但没见过。蕾总一再给我上课，告诉我尽管新能源是未来的主力能源，特斯拉生产的各种品牌新能源汽车，即将占领国际汽车市场，但油气依然是能源储备的稀缺资源，人的衣食住行都离不开油气。比如说让可口可乐冒泡的那种气体，也是石油化工产品……可惜我不喜欢喝可乐。蕾总为我描绘的原油前景，我基本无感。

假如蕾总你能带我移民火星，也许还值得我考虑一下。不过那个星球上全是荒漠沙丘，没绿树，没有液态水，也没啥吸引力。即便你买得起星舰的船票，我还懒得去呢！比如，早上我起床，毛巾被蜷成一团，像一只猫；晚上临睡前，那只猫还是保留着原来的姿势，一动不动地趴在床上。我哪里都懒得去。

蕾总在那排文件柜里翻找资料，动作有点烦躁。手机响铃，她也不接。

蕾表姐凡事依赖手机，手机从不离身。有一次我无意中拿起她的苹果手机，比我的手机重多了，可见容量很大。她炫耀说：手机就是我的移动办公室，公事私事所有的事一部手机搞定！还可用它直接给高管发工资！

蕾表姐的眼镜片闪闪发光，她戴眼镜不是由于近视，而是矫正远视，因为她总是看得太远。她喜欢穿蓝色系的衣裙，深蓝浅蓝天蓝灰蓝，每次见到她，好似遇到了一片天空。她习惯穿平底鞋，也许是为了加快走路的速度，一路过去，刮过一阵穿堂风。因为我缺乏鉴赏能力，不确定是不是名牌。作为公司的 CEO（首席执行官），平日里她不是出差就是开会，不是接电话就是打电话……一天工作十几个小时。春节时全家一起吃年夜饭，表姐夫抱怨说，她每天晚上回到家，总是累得话都不愿说了……

这就是我和蕾表姐的差别。蕾表姐热衷于危言耸听，而我常常无动于衷。我每天都松松垮垮，无所事事，拥有大把大把的时间消磨生活。偶尔考虑一下我应该做些什么，但总是无法做出决定。而她永远没有时间，因为她要一一去落实那些已经决定的事情。不过，我也能感觉到自己的小变化：自从今年春天在蕾总办公室看过那条“眼镜蛇”之后，我开始悄悄关注科技信息，重读《时间简史》《未来简史》，读得越发一头雾水。这是为了蕾表姐，还是为了我自己呢？不确定。

你上我的车，我送你到地铁站！蕾表姐站起来，她惯常的速度回来了。

她从公司写字楼的地库里把车子开出来，以前的那辆奔驰，已换成了一辆白色的特斯拉。蕾表姐也许是这个城市最早的特斯拉客户。在她眼里，特斯拉完美得像一粒钻石。

我看不出特斯拉和其他的轿车有什么不同，因为我根本不会开车。但我无所谓，我不需要汽车，我对任何高级物品都无所谓。

我在副驾驶位上系好安全带，有什么东西硌得慌，原来是一张金灿灿的卡。我猜一定是她不小心掉出来的，把卡递还给蕾表姐。她瞥了一眼，笑笑，哦，高尔夫球场的年卡，一次也没用过呢。又加了一句：那些电视剧里，总把企业家写得纸醉金迷，喝酒养小三；但我周围的大多数企业家都在疲于奔命。比如我吧，你信不信，我已经十几年没进过商场了……

这会儿我们挨得很近。有一刻她的头发擦到了我的额头，有点痒。我闻到了一股头油味，她好像几天没洗头了……忙成这个样子，她哪有时间陪伴表姐夫呢？侧脸看去，无意中窥见蕾表姐白皙的脖颈，那一瓣莲子似的圆圆耳垂，竟然没有针尖般的耳朵眼儿，怪不得蕾表姐从来不戴耳坠。

天已完全黑了。蕾表姐的车速很快，在车流中游刃有余地穿梭，我担心她会追尾。车灯晃过萧条零落的店铺，昔日的霓虹灯招牌黯淡无光。她的目光掠过路边冷清的街市，还有路边茫然麻木的行人，快速发表感想：

未未你说这些人群中有几个人能明白一场深刻的变革正在到来，是人们绝对无法想象的全新的生活方式，他们如果不改变自己早晚会变成那个 98%！

蕾表姐走在路上，与一般的中年人没啥两样，看起来只是一个普通平常的女人。却有一种无法描绘的魔力，在她褐色的瞳仁里闪烁，我不得不时时低头躲避那些亮光。

幸好此刻，乌黑的云团融入了黑暗的天空，雷暴的至暗时刻并没有来临。

我被她的特斯拉无情地甩在了地铁站，车轮重新启动，迅疾消失了。

那一刻我忽然意识到，她最后的那段话，其实在针对我。

我决定回家好好做功课，关于 AI、关于未来。

我和蕾表姐总是在某处断开链接，又在另一处重新连上。

很多年里，蕾表姐与我并无太多交集。她

其实并不是我的嫡亲表姐。我的舅妈早早过世，没留下一儿半女，我对她早已没印象了。后来舅舅又娶了新的舅妈，新舅妈带来一个八九岁的女儿，也就是现在的蕾表姐。那时我还没出生。据说舅舅对她十分宠爱，但她从不娇惯自己，特别懂事，也格外用功，各门功课的成绩总是满分，就连出国留学都是拿的全额奖学金，让我们这些表兄妹对她充满羡慕和嫉妒。她从国外回来以后，人长高了，五官眉眼变得舒展自信，散发出一种成熟女人的气息，坦白说有点盲目地吸引我。

我妈妈还没离家出走时，曾经隆重安排我和蕾表姐吃饭，拜托蕾表姐帮我联系出国读研。那次被我搞砸了，很长一段时间蕾表姐不搭理我。反正我习惯了自由散漫，对科技和商业活动毫无兴趣，很难跟上她的节奏，渐渐也就疏远了。

我和她重新建立联系，是在三年前，那段日子大家经常需要居家。

其间，蕾总公司的业务量相对减少，她的

高速度不得不降下来。她开始给我打手机，问我最近有哪些好书可读。“70后”理科博士，请教一个“90后”的普通文科生，让我受宠若惊。我很乐意在她面前显摆，给她开出一串长长的书单，其实她根本不可能把这些书读完。我有点小得意，甚至有点飘了。世上的人，终其一生每天24小时读经典，也无法把世上的书读完。我又给她开了一份“不推荐清单”，得到了报复性快感。我和她在这几年里变得亲近起来，后来几乎无话不谈。我们把停滞的时间用来读书，时间在书页里雷厉风行。我们用无限量Wi-Fi微信聊天扯皮，把我有限的文化向她兜售。终于有一天，蕾表姐给我发了6个表情（拥抱），还有一行字：你给我做编外助理吧！我每月给你发劳务费2000块，还可以更多。

这份弹性工作听起来还不错，我最讨厌朝九晚五地上下班和加班。再说，前年丢了工作之后，我一直在家做全职儿子，网购食物，打扫房间，老爸管做饭，一日三餐，包吃包住，但没有零花钱。自从老爸去年生病以后，我只能叫外卖了。一年多下来，我终于发现手头拮据，反正一时也没有合适的工作，于是同意成了蕾总的虚拟下属，尽管接受这份编外工作有点令人难堪，不过也顾不得那么多了。再说，其实我还是愿意经常见到蕾表姐的，这似乎与她的 AI 无关。

当天晚上，我的手机、邮箱以及微信，同时收到了蕾总发来的一堆文件，有关大模型。

我的目光从那些不太好玩的句子上滑过去、跳过去，眼前留下一些陌生的黑点：基础模型、多模态大语言模型、生成式预训练转换模型、通用大模型、行业大模型、垂直大模型、专属大模型、思维链推理……

大脑要炸裂了，即将发生核聚变还是核裂变？我把手机狠狠关掉。

醒来已是第二天上午，不知道几点。老爸那边没有声息。

起床有难度，五脏六腑不停颠颤，我是否也患了帕金森病？

蕾表姐从窗帘中间的光缝里浮现出来，表情严厉地盯着我。

我下意识把被单拉起蒙住了脑袋。我是一个没什么故事，也不会发生事故的人。个人履历比较苍白：大学中文系的本科学历，暴露我一无所长。没有硕博学位，不能在大学任教；没有专业特长，高薪机构招聘，我识趣地绕道。上高中时，妈妈逼迫我报过一个跆拳道培训班，她说男子汉要有英武之气，学点防身技术不会受人欺负。跆拳道学了一年多，得过一次什么奖，忘记了。工作以后，偶尔在办公室里比画一下拳脚，用来炫耀。记得在大学实习期，妈妈找人让我进了一家IT公司做文案，天天加班，一坐就是十几个小时。至于那些文案都用在了什么地方？不确定。听说有个女孩因为坐得太久得了“死臀综合征”。就是这种能把人活活坐死的工作，却随时都有被解雇的风险。实习生通常只拿正式员工的一半工资，廉价劳动力频繁换人。某天，我从自己的网格子偶尔往后看了一眼，后三排的网格子原来全是密密的脑袋，一夜之间，那些脑袋全都不见了。再过了几个月，我的实习期满了，也被清空了。后来我也尝试过一些其他岗位，广告公司员工、民营出版公司杂工、多媒体小编……还做过网剧的策划。只要有薪水的工作就可以，只差没有当过理发师、厨师、快递员或是外卖小哥。在那些技术含量不太高的职业生涯中，我喜欢做短视频策划，几个小伙伴胡乱侃到半夜，天亮就成了。反正老板不懂，他只管花钱。如此混了七八年下来，我也成了一个经验丰富的江湖新手。去年那家影视公司欠款几千万，老板一夜清零，不知“润”去了哪里。我在半年没拿到工资后，只能卷铺盖自动离职。重新找活儿，不是岗位无趣，就是工资太低，耗了几个月，只好向老爸摊牌。老爸说：你另租房子不划算，还是回家“伙”着过吧，也不差你一双筷子。我想想没错，反正他就我一个儿子，不管我，管谁呢？我退掉了出租房，一下子轻松了。老爸的退休金不算太多，除去水电物业、柴米油盐什么的，所剩无几。幸好我有良好的消费习惯——不花钱或是少花钱。妈妈偶尔也会从微信里给我转账三五百零花钱。

我就这样和老爸成了过日子的“搭子”，平日我们很少交谈，躲在各自的房间里，各做各的事。也许什么也没做。

就在这几年我刚刚知道，这座城市颜色斑杂的人群里，藏有很多不同的“搭子”。两个人或是三个人，叫“团队”太正规了，只是一个临时搭建的帐篷，可搭可拆。比如“健康搭子”：每个人都想健康又想偷懒，需要有人结伴去健身房，就有了互相监督的理由。比如“旅游搭子”：两三个人结伴出去游玩，有人擅长制定攻略；有人擅长订机票和酒店，总能做出性价比最好的选择；有人像一只大袋鼠，在旅途中饥寒交迫的时候，能变出各样美味的零食。“饭搭子”最常见，单位没有食堂，每天中午都要去外面找饭吃。哪里哪里有好吃不贵的餐食，荤素搭配合理，必须有“饭搭子”互相提供、交换最新信息。还有“拍照搭子”“咖啡搭子”“考研搭子”“追剧搭子”……所有的开销都是AA制。就连广场舞大妈的“跳舞搭子”，打麻将的大爷们的“麻将搭子”，费用也早就自付了。搭来搭去，就像我小时候搭积木，搭好了推倒重来。在我看来，“搭子”是功能性的、特别实用的临时“组合”。旅游回来，这个临时搭子就自动散了，直到下一次有了游玩的冲动，再重新搭建一个“草台班子”，随时可以中途换人。我的同龄人之中，每个人都拥有各种不同类型的搭子，用来满足各种需求。“搭子”不是“搭档”，没有合作项目。“搭子”都经过良好的“职业训练”。“搭子”有男有女，即便是异性“搭子”，很少会发生感情纠纷。“搭子”只做“搭子”的事情，责权利分明。“搭子”的实用性远远大于情感依赖。这个边界是清晰的、有原则的，大家都守规矩，一旦“混搭”就不好玩了，下一次你就找不到愿意和你玩的“搭子”了。我的那些同事或是老同学，没听说有谁把“搭子”变成了女朋友或是男朋友。

我喜欢这种魔方一样不断重组的“搭子”，每一个人都独立存在，它使生活变得自在多了。

需要的人，在需要的时候及时出现，彼此都没有社交和友情负担。不过，我也常常疑惑：现代社会，人与人之间的关系难道就是“搭子关系”吗？

以前早出晚归上班时，我的“搭子”大多限于“饭搭子”这个范畴。自从我“灵活就业”或者说“慢就业”之后，我的生活里“搭子”越来越少。我和老爸的关系形同陌路，连“搭子”都谈不上。

有一天，蕾表姐突然惊呼：未未，我发现，我们是“读书搭子”！

我恍然大悟，原来读书也可以有“搭子”！

新冠病毒肆虐那三年，我和蕾表姐一起读了不少书。网购图书传染的概率很低，逛书店戴口罩很难传染吧，隔空讨论更不会传染。这时候唯一能做的就是读书，我给蕾表姐推荐的大多是现代文学经典。古典主义太遥远就算了，20 世纪以后的新经典，或许更适合她的口味。诸如《看不见的城市》《美丽新世界》《玩笑》《生活在别处》《在路上》《小于一》《朗读者》

《追风筝的人》……像一份奶油杂拌。但我最喜欢的《麦田里的守望者》不在名单里。

蕾表姐读书的速度，相当于蕾总开车的速度，那些书没多久就被碾压了。她对这些全世界最优秀的文学作品，做出了惊人的判断。在她看来，这些文学作品，无论哪一部都无法真正打动她，虚构的故事总是经不起追问。她强烈建议我阅读人物传记，尤其是科学家和企业家的传记，比如爱因斯坦、比尔·盖茨、霍金……

我彻底明白了，一个文科生无法改变一个理工学霸的审美趣味。蕾表姐几乎没有一纳米的文学细胞，不过这并不影响她对文学作品做出科学评判。

大半年之前，蕾表姐“阳”了以后不久，她用微信给我发来一份书单：《今日简史》《人类简史》《AI·未来》《知识机器》《星际信使：宇宙视角下的人类文明》……好像她在高烧中收购了一家图书馆。

我不得不硬着头皮去啃书，不断去百度那里搜索新名词的注释。那些天我一口气瘦了几公斤。但我不得不承认，《AI·未来》为我打开了一扇新的门窗，尽管远处模糊不清，近处已让人目不暇接。AI 就这样蛮横无理地侵入了我的生活，我被蕾表姐拽进了一个全新的语言系统，幸好那时候巨无霸大模型还没浮出水面。

她会在半夜突然微信查岗。未未你在读哪一本看到多少页？

我假装已入梦乡。反正第二天早上她的兴趣肯定早已转移到别处。蕾总的公司千头万绪，资金周转、融资还贷……那些才是她的正经工作。

偶尔，我也敷衍一下。金牛座，吃草反刍。

可以确定的是：我和蕾表姐“一起”读书，似乎在表演羽毛球友谊赛。发球—接球—回球—扣球。时而高扬，时而飘飞，时而打偏……偶尔会产生心灵碰撞的快感，像流星闪过，来自夜空，又坠入夜空。

假如她哪天发来一大段没有标点符号的长信息，大概率意味着公司业务暂时停滞；假如她突然消失好多天，大概率意味着她又在琢磨一个新的项目。

奇怪的是，我和蕾表姐的读书往来，表姐夫似乎严重缺席，他从不参与我们之间的聊天。有一次，我在微信用语音小心试探：我热爱文学，但对科技的兴趣有限，你为啥不去和表姐夫讨论这些？他不是文化学者吗？

你不懂！表姐断然否定。你表姐夫的话我早已听烦了他喜欢研究过去的事我忙着寻找未来我和他不在同一频道。你姐夫不喜欢我做公司，整天忙在外头不着家，应酬啊谈判啊算账啊，他动不动就打击我。我实在厌烦传统的家庭生活，婆婆妈妈柴米油盐的家务事，夫妻动不动就吵架。但我身边总得有个人能说说话吧？我也得更多了解年轻人的真实想法。智汇公司的技术员工程师除了操作电脑情商普遍太低他们和你的年龄差不多独生子女父母溺爱缺乏责任心还有自理能力更不善于和老板交流公司若想裁员弄不好就违反《劳动法》……我管钱管技术还得管人我不是老板只是一个占有企业股份的职业经理人！

只怕我……和那些年轻人没啥不一样！我谦虚地补了一句。

喂喂，表姐点了一个微笑的符号给我。你虽然有点懒散，但脑子勤快，有独立思考能力。你的知识结构与我差异较大，正好互补。

明白了。我叹服表姐的深谋远虑。她说是“读书搭子”也没错，很实用啊。只是“搭子”的有效期长了一些，不确定什么时候收摊散伙。

后来我从微信群里抄了一句话发给她：“搭子文化”是现代社会的一种轻社交的弱关系，就像可移动的经济适用房。

表姐回复我一个符号，OK！

我想起来，蕾表姐是白羊座，而我是金牛座，据说人和人之间的关系好坏，取决于星座之间神秘的关联性。

不确定我和蕾表姐的星座之间是否抵触，但我和她的关系并不太稳定。我常常忘记蕾表姐长我十四五岁，在她成为我的老板之前，我和她说话没大没小。我偶尔想起她是我亲舅舅的女儿，刚刚产生一点点亲近感，随即被她的严厉训斥及时消灭。大多数时候，我们都处于那种被称为“卷”的状态，我和她在大多数事情上都无法保持一致。幸好我不是一个杠精，遇到麻烦立马像刺猬般缩成一个圆球，让热爱较真的蕾表姐无从下手。

比如，我大学毕业三年后，妈妈希望我出国留学，是为了“出去深造，回国报效祖国”还是“移民前奏”，动机不够确定。反正妈妈拜托蕾表姐帮我物色合适的大学，全额自费不是问题，甚至月亮大学或火星大学都可以考虑。但我不想去国外读书，一点都不想。无论是考托福还是雅思都太难了。我在大学时英语就不够好，因为不喜欢死背单词。我也不愿意考公，不想背诵那些标准答案，所以没考上公务员。那我究竟还能干点儿啥呢？我试过很多职业，但没有称心如意的。在妈妈看来，我眼前似乎只剩下一条路——飞越大西洋或是太平洋，寻找新大陆。

蕾表姐无条件支持我妈妈的计划，她说年

轻人应该勇敢地出去闯荡。她先帮我筛选学校，也有很多渠道帮我申请，还有留学的经验传授给我。在这个全球化时代，必须走出去向世界学习！

过了两周，蕾表姐风一样地刮进我家。她带来了一个好消息：她的同学的同学的老师的同事总之是某大学东亚方面的研究所明年恰好需要招收一位亚裔学生做一个课题她推荐了未未同学只需要通过英语考试一年半学制就可以拿到硕士学位……

她一口气讲完，没有标点符号，但我听懂了。我并不为此感到高兴，心里充满问号。在我看来，这些所谓的好消息全都是不确定的：我的英语这几年早就忘得差不多了，假如不能通过考试，岂不是白忙活？

不作声，无表情，她们看不出我的真实态度。

让他考虑考虑。妈妈显得很有耐心，小未从小就有拖延症，蕾蕾你等等。

那是一个令人沮丧的夜晚。我咬紧牙关不

说话，不拒绝也不接受。拒绝说不出口，怕她们心梗或脑梗；接受也说不出口，我对任何未知的事情都有恐惧感。我并不想让妈妈和表姐不高兴，但也不想让自己不高兴。高兴不高兴，只有我自己知道。凡是遇到不确定的事情，我都用这种办法拖延搪塞。走到悬崖的尽头，晚一分钟掉下去也是好的。

蕾表姐不停地抬腕看表，开始焦躁不安。她说喂喂你快点决定好不好？朋友还等我回话，要把那个宝贵的名额留出来！

我一直盯着黑暗的窗外，寻找白羊座。星空渺茫，却没有卫星电子定位图。

时间不知道过了多久，妈妈在厨房里进进出出，给蕾表姐端来切好的苹果，也在我面前放了一碟。忽然听见碟子落地破碎的声音，蕾表姐霍地站起来。她大声嚷嚷：喂喂你不去就算了你浪费了我的时间在这里的每一秒钟都变成了垃圾时间我走了以后我再也不管你了！

听见了摔门的响声。我长长地松了口气，好像从深水池浮出水面。事后妈妈对我叹气，说：你以为蕾蕾容易吗？一个女人独自创业，靠自己打拼闯出一片天下。订单竞争激烈，民营企业的利润被压到最低，只要上家说产品质量不合格，就能无限期拖欠货款，一个项目的纯利只有7%~8%，弄不好就被成本覆盖掉了。假如资金不能及时周转，只好把自家的房子抵押上去。还有公司内部的人事矛盾呢，要坚持意见就会得罪人。那次股东大会投票，你表姐差点被选下来，幸好董事长“一票否决”了……有一次我有急事打电话她不接，我只好去公司找她，推开门，她正蜷在沙发上发呆，面前一堆湿湿的纸巾……

在妈妈的讲述里，蕾表姐的日子过得水深火热。这也是我对那个陌生的商界充满恐惧感的间接原因。

蕾表姐摔了水果碟以后，很久没有露面。妈妈对我极其失望，后来她跟那个爱说话的男人走了，也许与我有关。但我并不感到内疚，家里本来不富裕，在那个遥远而陌生的国度，读书的费用从哪里来？拿不到奖学金，没有后援，还得去打工，生活上定要吃苦头，而我不想让自己的人生过得太辛苦。

不过蕾表姐毕竟有胸怀，转年她就把我那次小小的反抗忘到脑后。有一次她同事的儿子结婚，她还推荐我去做伴郎。伴郎必须是单身，穿西装打领带，站在那里傻笑。后来我居然成了一名资深伴郎，每年都能赚到不少辛苦费。因此还认识了伴娘小雪，在我苍白的情感经历上，划下了一道浅浅的痕迹。

我常常郁闷，每年都有人热热闹闹结婚，然后轰轰烈烈离婚，他们真的不嫌麻烦吗？不过这几年婚礼越来越少，伴郎的业务量大减，好像都怕传染病毒。对此我无所谓，反正我目前还没有结婚离婚的计划。在这个问题上，我和蕾表姐惊人的一致，她从来不给我介绍对象，也从不操心我的婚事。所以，尽管出国的事情惹得蕾表姐发脾气，我依然对她保持了隐秘的好感。

尽管蕾表姐对婚姻持怀疑态度，不过她并不反对男生女生拥有异性朋友。有一次她曾问过：未未呀，你怎么不谈恋爱呢？连女朋友都没有一个吗？我把小雪的事情跳过，简单回答如下：根据我当伴郎的经验，有了女朋友或是老婆，成天黏着，哄着，陪她们逛街、买东西、打游戏、聊天，有做不完的家务事；一旦服务不周，随时会吵架、生气……我连自己都照顾不好，为啥要自找麻烦？

蕾表姐认为我理由充分，对我不谈恋爱表示了深刻理解。临了漫不经心地说了一句：只是随便问问，只要你的身体发育正常，一切OK……你看我和你表姐夫，当了丁克族那么多年，如今是存量夫妻，反正地球的人口太多了，少生一个也无所谓……

我明白她问的是啥，羞于出口。男生当然有那些问题，一般都是自行解决。比较一下谈恋爱带来的麻烦与后果，那个办法简单多了……

其实，我对蕾表姐隐瞒了一段小小的插曲，关于小雪的。

小雪也许可以被称为我曾经的女友，但我

却又好像根本没有谈过恋爱，不太确定。七八年前，我大学毕业以后，很多同学都先后结婚。那些性急的男生下手快，把周围够得到的女生都抢走了。我从没遇到过喜欢的女孩，成为一条“单身狗”。疫情出现之前，蕾表姐让我去给她公司的年轻员工结婚当伴郎，担任伴郎的频率很高。四年以前，我在一次婚礼上担任伴郎，遇到了小雪，她是新娘的伴娘，穿着白纱裙，安静得像一朵白荷的花苞，不过身子有点瘦弱，显得疲倦。婚礼结束后，我们从台上走下来，她提着长裙走在我前面，忽然身上掉下一件小东西，落在我的脚边，一闪一闪的。我弯腰把东西捡起来，发现是一只珍珠耳环。我跨了一步追上，把耳环递给她：你的？她回头看我一眼，笑着说了一声谢谢，把耳环接过去，撩开头发，边走边把耳环重新扣在耳垂上，露出雪白的后颈。我发现她的耳垂上没扎耳朵眼，所以她的耳环才会掉落。想起蕾表姐，她也没扎耳朵眼。可我为啥要把她和蕾表姐比较呢？

就在她转头的刹那，我看到了一双清澈的

眼睛，她没戴眼镜。如今不戴眼镜的女生很少，不扎耳朵眼的女生也很少吧？我觉得她有些与众不同，瞬间产生了好感。伴郎伴娘换回了自己的衣服去大厅喝喜酒，小雪笑吟吟走过来主动加了我的微信，她的微信头像是一片六角形的雪花。我问她做什么工作，她说在一家互联网公司，新娘是她最好的闺密，今天是第一次当伴娘，也是最后一次。为啥是最后一次？她是快要结婚了吗？互联网？哪一家互联网公司呢？我不敢多问。她反问我做什么工作，我回答说也算是互联网吧。如今的互联网是天罗地网，我们好像在互相打捞。

加了微信以后，其实我很少与她联系，我不是一个主动的人，不知道该和她聊些什么。我的“社交平台”有限，只有高中的同学群、大学的同学群，都是老同学一个个滚雪球那样把我拉进去的。还有以前的短期小伙伴，名字我都快要忘记了。偶尔在群里浏览一下情况，看一眼朋友圈，虽然我没啥内容可发朋友圈的，但希望了解别人在做什么。感觉自己像一艘沉没的潜水艇，拒绝浮出水面。这么隔三岔五地微着微着，基本开静音模式。所以小雪的名字每次从朋友圈里跳出来时，我心里都会微微动一下。

我慢慢发现，小雪每次发朋友圈的时间有规律可循，晚上 9 点到 10 点，然后她就沉寂了。整个白天她都不会出现，好像是一只昼伏夜出的猫咪。为了不让她的微信被淹没，我改在晚上 10 点看朋友圈。我又发现，小雪发微信，好像写日记，记录她今天听见了什么有意思的话，看到了什么有趣的事情，或者在评论区对某件事情发表了什么意见……比如，今天在地铁车站上看到一个戴帽子的小伙儿，边弹吉他边唱歌，有点忧伤。她停下来听了三分钟，抱歉地对他说自己没带现金。那人摘下帽子，指指自己光溜溜的脑袋，头顶上竟然有一块二维码……因此她错过了一班地铁，差点迟到。比如，今天下班走过一片树林，发现树上挂满了一串串褐色的小灯笼，远看好像一株繁茂的花树。她拿出手机踮起脚尖，用拍照识别软件对着灯笼拍照查询，原来这是一株栾树。灯笼是空心的，里面嵌着栾树的种子……比如，最近她读完了《解忧杂货铺》，不过她更喜欢前几年读的村上春树《挪威的森林》……再比如，今天休息，和一个女友，也算是“休息搭子”，去参观了一个摄影展。那些可爱的动物、奇特的建筑、美丽的云彩，令人向往，希望有一天能看到真的风景……那家艺术馆甜品区的天鹅蛋糕，看一眼都很享受……

小雪的每一条微信我都看得仔细，偶尔也会简单空洞地点个赞，“小雪好棒”“太美了！”大多数时候，我都用符号代替，强强强！加油加油加油！龇牙龇牙龇牙！显然符号不太够用，符号也有无法到达之处，更多复杂的情绪羞于表达，比如，下次约我一起去……感觉无法开口。后来我学会了保存一些表情图片，表达的意思总算丰富起来。但我仍然不知道如何往纵深发展。在小雪面前我有点胆怯自卑，女孩子们关心的时装、化妆品，还有包包，我一无所知。我擅长读书与思考问题，又怕小雪不感兴趣。

奇怪的是小雪很少直接给我发私信，难道我只是她朋友圈的一个点赞者？直到有一天半夜 12 点，我正打算收线，小雪的头像忽然从朋友圈里掠过：

今天上班被老板狠狠骂了一顿。因为凌晨 4 点海外的客户发了一封邮件，通知上午 9 点开视频会，被我遗漏了，没及时告诉老板。想想啊，凌晨 4 点，谁能在线上呢？我每天晚上 9 点才下班吃饭，十点半以后还得加班处理海外业务，北京时间必须服从美加时间，起码忙到半夜 1 点钟才能睡下。7 点闹钟，不吃早饭，上了地铁摇晃着查看老板的一堆新指示……我累极了，不想干了，我要换个工作！谁有招聘信息给我打个招呼……

我被狠狠地扎了一下。可怜的小雪，原来你累成这样！你是累瘦的。你累成这样是怎么露出美好的笑容的呢？

立马有人跟帖：小雪你太优秀了，有几个人能干到你目前的职位？可别跳槽，前功尽弃了。比你苦大仇深的人有的是！

问题有点严重啊。我考虑要不要发一条信息安慰小雪，可惜我没有招聘信息。

措辞的犹豫间，小雪却把那条信息撤回了。看来她并不愿意让人知道自己的烦恼，但她在无意中泄露了自己的工作状态和时间表：她从未提到过与人去看电影。

过了几天，我鼓起勇气给小雪发了一条私信：

小雪，星期六、星期天你休息吗？

等到午餐时分，她的回复来了，只有两个字——

一天。

哪天呢？

不确定。

等你休息，你提前告诉我好吗？

嗯。

我可以请你去看电影吗？让你放松一下。

好。

你喜欢哪一类的电影呢？

都行。

她的回答如此简练，一个字绝不写成两个字。聊天难以继续。

直到有一天，小雪主动告诉我她明天休息，我差点乐得窒息。勇敢地约她去看电影，从此我和她才开始了近距离的接触。电影票是我在网上订的，取了票又买了橙汁和爆米花，因为我很久没吃爆米花了。小雪见到爆米花特别惊喜，抓了一粒塞进嘴里，还往我嘴里塞了几粒……这个大胆的动作让我有点小激动。电影散场以后，我请她去街边吃麻辣烫，顺便对电影发表了一番评论，自认为特别精彩，小雪眼里果然露出欣赏的目光。于是有了下一次，那段时间，凡遇小雪休息，我们都会一起去看电影，然后一起吃快餐聊天。虽然她的话不多，但我总算了解到，她毕业于北京一所大学，北漂，在职场打拼七八年了。她说出自己上班的那家大公司的名字，她竟然还是那家公司的产品设计师。我去网上查了一下，出乎意料，那个产品蛮厉害的。当然啦，我也对她说了很多，主要转发转播从书上看来的那些故事。也许我平时说话太少了，遇见小雪以后，我变成了一个话痨。看来我确实需要一个女友了？我问自己，不确定。唯一遗憾的是，每到九点半，无论聊得怎么开心，小雪都是说走就走，她要赶回去开电脑处理海外的业务，就像我小时候读过的童话《灰姑娘》里那半夜就消失的魔法。有一次，一部豆瓣评分 9.3 的大片，据说不可错过，但我只买到晚上九点的电影票，她竟然答应了。那天晚上，她竟然背了一只双肩包，我问有什么好吃的东西带给我，她说：美得你！是 iPad！我问：看电影为啥带 iPad？她说：今天的时间不对，怕耽误。果然，电影看到一半，她摸摸索索掏出了那台 iPad，放在膝盖上开始“办公”。黑暗中，前面是闪亮的银幕，身边是闪亮的屏幕，我都不知道该往哪里看。旁边的观众不满地啧了一声，幸好那个“业务”很快处理完毕了。这就是小雪的日常吗？

秋天过去了，冬天来了。外面太冷，除了电影院，我和小雪也没别的地方去。

那天又去看电影，银幕暗下去，小雪的身子渐渐朝我倾斜，我闻到了她头发上的香水味。后来她把头靠在了我的肩膀上，我的脑子一热，伸出右手，悄悄地握住了她的左手。她不仅没有抽回，还用她的大拇指，在我手背上轻轻地摩挲了一下。我顿时好像触电了，身子一动不敢动……

电影结束后，我送小雪到地铁口。她在地铁入口的热风中站住，眼睛看着我，蹦出一句：

你喜欢我吗？

我吓了一跳，嗯！

为啥呢？

这个问题把我难住，没想过。

小雪笑起来，说：我有点喜欢你！

我结巴了：那……那……为啥呢？

没得选嘛！她调皮地甩了一下半长的直发。你做伴郎的那天，妥妥的一枚帅哥！不过你递给我耳环的那一刻，手在发抖，如今发抖的人很少……

我尴尬地笑了笑。

回到家以后，我发现小雪给我发来一串表情符号，拥抱拥抱拥抱拥抱。我的身体酥麻，秒回她一串玫瑰玫瑰玫瑰。她又发了一串红心，爱心爱心爱心爱心。我拿着手机发愣，不知道下一步如何进行。停顿了一分钟左右，我找到了一个恰当的符号，握手握手握手。秒回，嘴唇嘴唇嘴唇。我吓了一跳，想起有个同学曾说，如今的女生都很大胆，善于对男生进行启发式教育。我的手机微微颤动，这个嘴唇是虚拟的，怎么有点发烫？嘴唇到底是真的还是假的呢？不确定。我有些紧张，停顿了五分钟以后，发去了一个愉快的表情，再发了半个月亮的晚安，收线，关机。那一夜，我翻来覆去，觉得脸上盖满了红色的唇印，怎么擦也擦不掉。

我们继续看电影，烂片也看，烂片看多了就能辨识好片。我们轮流买票，用微薄的收入为票房做贡献。黑暗的影院让我心安，每一次我都会握住小雪的手，直到手心出汗。然而，现实中的接吻并没发生，只能偶尔想象一下小雪光滑的脸颊。她的嘴唇又在微信里出现过几次，没有得到我的嘴唇回应。虚拟的嘴唇没有温度和湿度，小雪似乎放弃了“进攻”，我还是迟迟没有行动。其实也不是不敢，只是我不知道怎样做才算恰当。

我曾问自己：你喜欢小雪吗？回答：应该是喜欢的。那么，为啥喜欢呢？回答：她做事条理分明，比我有主意，没有一般女孩那种“凡尔赛”的毛病。什么叫“凡尔赛”？就是矫情，喜欢炫耀自己在哪家高级酒店喝咖啡，炫耀名牌显摆自己讲究生活品质……然而小雪不是这样，至少我没发现。说实话，我并没有特别迷恋小雪，小雪身材不错，看起来蛮顺眼，但是……她那么忙，那么累，我这么闲，两个人的差异是否太大了？

小雪算是我的女友吗？实在无法确定。

最后一次和小雪去看电影，我在取票机旁边等到电影开场，小雪一直不见踪影。打电话过去，先是占线，后来没人接。我给她留言：你路上耽误了？我先进去了，你到了微我，我出来接你。

我一个人坐在电影院里，平均一分钟看一次手机。身边的位置空着，让我感到孤单，不知道那部电影在演些什么。小雪始终没有回复，直到电影散场也没消息。我独自一人回家，对着手机发呆。微信里找不到任何一个符号，可以代表此时的心情。忍不住又给小雪发了一条文字信息：

小雪，你回家没？遇到了什么麻烦？告诉我！

我等了一个小时，又一个小时，没有任何音信，我靠在沙发上睡着了。

第二天醒来，我第一反应就是去看手机。除了腾讯新闻，一片空白。

有人说，微信时代，男女朋友交往，24 小时没有音讯，就算拉倒了。

然而，每天晚上 10 点，我依然准时在朋友圈守候，期待小雪突然蹦出来。但是，小雪始终没有出现。她不仅没回我，也再没在朋友圈露面。我一次次猜测她会发生什么：车祸？病了？也许她家里有事？也许她辞职跳槽了？也许她有了新男友？据说有一种病叫作“阳光型抑郁症”？无论什么情况，都无法构成她“失踪”的理由。我不断地刷手机新闻，像一个蹩脚的侦探，企图找到蛛丝马迹，可惜不太成功。偶尔刷到一条信息，说是目前公司招聘员工，都会特别询问应聘的年轻人是否打算婚育。已婚的女孩不要，怀孕的女子当然不要，甚至有了男女朋友的人也不要。所以，男女青年干脆不谈婚育，否则生存更加艰难……

难道小雪是因为这些原因离开我的吗？小雪，你至少向我解释一下？

谜团重重，无法确定。小雪就这样从我生活中消失了，像雪花融化在空中。

那段时间我很苦闷。这就是传说中的失恋吗？还是正在开始恋爱？不确定。我尝到了失眠的滋味，半夜去街上游荡。有一天下雨了，我没带伞，天气很冷，我钻进了一家小酒吧。没想到酒吧后面还藏着一家夜店，有一个看不出年龄的陪酒女，热辣辣地过来招呼我……这就是我的第一次，完事儿以后我觉得整个人都空了，只剩下一副皮囊。从此以后我再也没去过那里，只能把自己查封了，除了在家里看书，就是刷短视频和打游戏……心里仍然徘徊着一个执念，我怎样才能找到小雪呢？我这才发现自己根本不认识小雪周围的任何一个人。除非去问蕾表姐，当年那个闺密新娘在哪里？她总该与小雪有联系吧？

但我却迟迟没去问蕾表姐。我似乎不想让蕾表姐知道我惦念小雪。

以上是我的情感清单，就连发挥一下想象力的空间都没有。

回到眼前，小雪迅速隐没，我面对着电脑里蕾表姐的一堆材料。

隔了几天，半夜十一点多钟，我在床上听一个男声四重唱组合演唱的一首歌，反复听了好几遍。听完了才发现有一条蕾表姐的微信等着：那些关于 AI 的材料看了没？

我拖了十分钟，回复：这几天陪老爸看病，医生说可能需要住院。

我没撒谎。老爸有点麻烦，昨天把牛奶打

翻，今天把面碗掉在地上。

秒回：帕金森病不需要住院开药回家服用只能控制病情难道你现在还在医院里？

我在床上发呆，过了很久，我扒开小桌上的衣物袜子耳机充电器空调遥控器，找到那个很久不用的笔记本电脑，用床单把灰尘抹去。打开邮箱收到一个压缩文件，一页页黑字以及彩色图表排着队，像一座移动的山丘朝我压来，眼前的字渐渐重叠，犹如天书一样。

产品概述应用场景案例分析……一站式搜索业务协同与知识共享沉淀协同互助……采集加工入库案例语义魔方行业特征语料库物化探井筒工程油气开发上游勘探业务域……电子云算力算法显卡……AIGC（生成式人工智能）产业行业资料图谱信息数据库……

我的脑子开始昏沉发胀，图像停滞不动，当年在教室里面对试卷的狼狈感全都回来了。眼皮不可遏制地耷拉下来，只觉得地球似乎偏离了轨道，昏沉中一只巨大的火球在空中旋转。我躺在赭红色的沙丘上，像一片焦煳的烤肉。确实，我是躺着，平躺，平躺令人神经松弛，近几年我才认识到这个貌似真理的常识。我继续躺着，听见烤肉在铁板上发出吱吱的响声……床单像一层烧烤用的锡纸，贴着我的后背。头发里都是汗，黏糊糊像是在理发店洗头。

我是被热醒的，发现空调竟然自动关闭了。手提电脑屏幕依然亮着，就连屏保也罢工了。

习惯性地打开手机，首先看到了一长串未接来电——蕾表姐！

然后是蕾表姐的五六条语音留言。我心里咯噔一下，迅速转换成文字，一堆没有标点符号的句子吐出来。

喂喂你怎么了不接电话不回复嗯嗯那些资料很难吗有点文化就可以看懂嗯我希望你了解智慧（汇）公司的运作也许对你有用时间还不晚才 12 点你睡着了吗醒醒吧太难懂了吗不难懂啊你可以到公司来找我让我的助理给你讲解……你赶紧回复再不回复我要生气了……

喂喂我知道你的烦恼然而难道躺平就可以解决问题吗实际上你根本无法躺平地面七高八

低你往哪里躺躺下也是硌得慌床垫弹簧早已松弛前后都是窟窿躺下波浪翻滚沙发太软躺下后怕你起不来嗯嗯起不来就麻烦了你还年轻……

随后是一串表情符号，愤怒愤怒愤怒！抓狂抓狂抓狂！

最后一条，语气似乎和缓了一些：

喂喂我是你表姐不是蕾总你妈妈以前待我很好 20 世纪 90 年代我出国留学她塞给我 100 美元那是她仅有的外汇全都掏给我了你妈妈走了以后你孤独烦闷工作生活都不顺利我应该多多关心你我只有你一个弟弟你不要想得太多我不会勉强你的我只是想让你振作起来……

我的眼眶有些酸涩，10 秒钟以后迅速恢复正常。

我知道自己昨晚睡着了太没礼貌，但我不确定如何回复蕾表姐。

想来想去，回复了 6 个悲情符号，流泪流泪流泪流泪流泪流泪（表情）。

一分钟没见回复，她大概在开会。

想想，又补了 6 个礼节性符号，抱拳抱拳

抱拳抱拳抱拳抱拳（表情）。

五分钟没有回复，大概她正在发言。

又想想，再补了6个诚恳的符号，合十合十合十合十合十合十（表情）。

这些符号应该充分表达了歉意？蕾表姐你原谅我吧！微信时代，说不出口的话，可以用符号代替，简洁又快捷。我怀疑文字或语言是一个糟糕的交流工具，每个词组每个句子，都有各种各样的歧义和误解，无法准确传送到达，或是发生错位。但符号是形象的、明确的、任人选择，最适合我这样的懒人。自从有了微缩表情符号，人与人之间沟通顺畅，效率提高，一个表情搞定，代替千言万语。不过符号也有符号的问题，它表达的内容是单一的、固定的、呆板的，缺少想象空间。每个人都使用同样的符号，意思也就千篇一律了。假如想要寻找情绪复杂的符号，比如，烦闷、沮丧、沉思、同情、懊悔、感动……经常找不到相对应的内容。依赖符号的人正在变得越来越愚笨，包括我在内。

我起床洗漱，给老爸冲调豆浆，煮鸡蛋（早

餐他只喝豆浆），热一下昨晚剩下的花卷。我发现老爸的裤子有一个湿印，他含糊回答昨晚起夜，行动迟缓，慢了一步。我帮他换洗了内裤。然后我也喝豆浆，吃花卷。听见手机响了一声，我赶紧去看手机。

蕾表姐的微信，发给我 12 个表情符号——微笑微笑微笑玫瑰玫瑰玫瑰……

看来蕾表姐心情不错。她已经忘记了昨晚的愤怒？不确定。我发去了一堆符号，此刻回收了一堆符号，扯平了。至少符号可以避免语言的尴尬。

果然，今天上午，蕾表姐的兴趣点已经明显发生了转移，接着发来了一条言辞兴奋的语音，我立马转成了文字。

喂喂今天下午你有时间吗我想带你去听一个哲学讲座蛮有意思的题目新未来主义的源起及前景这个恰好是我关心的话题我们一起去吧可以讨论呀你听说过理思学院吗讲座名额有限有一个叫作宾逸的艺术家创办的暑期公益培训项目好多年前我在洛杉矶认识的前几天在一次

应酬上竟然遇到她了

紧接着发来了一张定位图。

看来不去不行了，我不想让蕾表姐再次失望。

好吧，我和蕾表姐成了临时的“讲座搭子”。

那个炎热的下午，我找到了胡同里的一座四合院。“理思学院”设在小院内一个狭长的大房间里，十几米长的“课桌”用厚厚的原木板架搭起来，好像一家乡村风味的西餐厅。一个盘头发的长裙女子正在桌边与“学员”低声交谈，半句英语半句汉语交杂，听起来有点像在国外。蕾表姐走过去和她拥抱，双方很亲热，作出互相都很欣赏对方的样子。

大屏幕亮了，课堂安静下来。长桌的另一端坐着一位头发花白的老者，穿着一件浅咖色的衬衫。我把脑袋扭过去，才能看到他。盘头发的长裙女子对他做了简单介绍，很多头衔，记不住。年轻的学员们报以稀拉冷淡的掌声，似乎对他的年龄有所不满。有关未来主义的话题，怎么会由一个老教授来讲?

蕾表姐在我耳边低语，说，你可别走神儿啊宾逸的鉴赏力很高选择讲课的老师很苛刻据说这位老教授的思想很前卫很锐利否则我不会来你最好一句都别落下。

老教授打开手提电脑，屏幕上出现了 PPT 演示文稿。他没有一句多余的话，先播放了一段视频。视频上快闪了浩瀚的宇宙星空、地球的河谷山川、高楼林立的城市、拥挤的车流与人群……接着是一段庄重的男声，配上了加粗的文字。我刚听了一句，立即在昏昏欲睡的状态中被猛然惊醒。

95% 的人并不了解，2023 年将迈入人类历史的全新篇章，这个历史性的转折，需要每个人做好准备。因为整个社会的运行规则和生命的进化之路，都将发生翻天覆地的改变。人类将迎来大规模的觉醒时刻，每个人都需要从内心认识自己并重新定位。这是时代的浩荡潮流，人类千年不遇的共同提升的伟大变革。在这个巨变的时代，你需要清晰地认知自己的生命价值，意义和使命至关重要。一旦你找到它们，你将焕发出全新的生命力。

视频结束。课堂鸦雀无声。有人咳嗽了一声，简直像惊雷炸响。蕾表姐打开了手机录音，身子一个劲往前倾，眼珠子仿佛都要弹出去了。

前面的老教授讲得不疾不徐，就像在上一堂普通的常识课。看惯了微信短视频里那些讲演者丰富夸张的表情，听惯了那些幽默精彩的段子，面前这位风度儒雅、面容平和的老教授，显得过于严肃，甚至有些枯燥乏味。但我却莫名其妙地被他征服了，准确地说，是被他讲课的内容吸引，其中有许多新奇的知识点，犹如在乌云密布的暗夜中，一个闪电接一个闪电。大学毕业后，我从未如此认真地听讲，就像一个即将参加高考的复读生。脑子高度紧张，两只手在手机上不停地记录，单词、句子、符号，所有的黑点都连在一起，我不确定能否看清楚。

老教授笑眯眯地坐在那里，像一朵悬浮的云，安静地俯瞰地球众生。云彩背后透出无数细密的光线，笼罩了整个课堂，形成一个神秘的电磁场。我好像要被他吸过去了，拼命用脚尖钩住椅子腿儿。原来“醍醐灌顶”这个成语确实存在啊。思路又瞬间游离，这位哲学教授是在讲授哲学，还是物理、数学、天文学？他打算重新解释世界吗？

事后根据蕾表姐的录音转文字，加上我凌乱无序的笔记，这位教授讲座的要点大致如下：

巨变时代的主要特征：元宇宙虚拟商业娱乐模式；人工智能机器人走向民用市场；ChatGPT 大模型效率工具的升级覆盖；人类对外太空宇宙星系的深入探知；生物基因技术广泛应用……

老教授以下这一段理论性的文字，被我记录得比较完整。

21 世纪 20 年代，对于人类社会发生巨变的预判，即将颠覆人类文明创造的全部认知，带来思维方式与生活方式的全面改变。一切仅仅只是开始，未来世界必将重新建构现代美学与艺术理论。在现代性与后现代性的研究基础上，形成新未来主义的理论框架。

新未来主义？我还是第一次听到这种“主

义”。未来——这个词语似乎与我有关。我返回首页，在浏览器上快速搜索：未来主义——

360 词库：1909 年 2 月 20 日，意大利诗人马里内蒂在巴黎《费加罗报》上发表《未来主义的创立和宣言》。（一百多年前！）宣言一方面讴歌现代工业文明、科学技术使传统的时间与空间的观念完全改变，“宏伟的世界获得了一种新的美——速度美”，主张未来的文艺应当反映现代机器文明、速度、力量和竞争；另一方面诅咒一切旧的传统文化，扫荡从古罗马以来的一切文化遗产。第二次工业革命高歌猛进鼓舞人心，而意大利的工业化进程相较于欧洲其他国家而言较为滞后，年轻一代对意大利文艺自 19 世纪以来停滞不前的落后状态不满，主张彻底抛弃传统，面向未来，尤其倡导机器美学，并使其绘画在元素和技法上都颇具风格。未来主义理论反映了当时意大利年轻艺术家要求创新的强烈愿望。新时代的特征中机器和技术，以及与之相适应的速度、力量和竞争表现得尤为明显，未来主义力倡机器美学。

对于速度、科技和暴力等元素的狂热喜爱使得汽车、飞机、工业化的城镇、日夜无休的火车等事物在未来主义者的眼中充满魅力。他们热衷于用线和色彩描绘一系列重叠的形和连续的层次交错与组合，并且用一系列的波浪线和直线表现光与声音，表现在迅疾运动中的物象。该画派从新历史景观中提炼了绘画的时代精神，形成了独特风格……

再往下搜索，有关“未来主义”的词条如同黑压压的海浪涌来。法国、英国、俄罗斯、美国诗歌的未来学派纷纭交缠，那种“机器美学”“迅疾运动”“科技元素”一系列词组，引起我本能的生理性反感，我赶紧屏住呼吸逃“上岸”。

那么，新未来主义是未来主义的续接吗？还是仅仅借用了那个“主义”而已？新未来主义的内容是什么？还是一种前景？我在心里默默猜想，虽然“主义”与“新未来”的畅想是二者共同的兴趣，但时代的背景已经截然不同——基于思想者对人类巨变的敏感，以及对未来变革的创造性思路，老教授讲得太复杂、太丰富了，我并没完全听懂。回到现实生活，眼前哪有未来主义的踪影？到处充满混乱，一切都在衰败退缩中。一部分人生存艰难，陷入灾难性泥潭。除了科学家、企业家、人文学者，究竟有多少人去思考未来呢？更没人对线与色彩的重叠交错发生兴趣。哪怕就在这个课堂上，对于未来的认知恐怕也是一团乱麻。那些敢于发出新未来主义宣言的人，大概是一半痴了、一半疯了？

老教授补充：尽管一个世纪以前的未来主义驳杂多元，但他们大多主张扬弃古典主义传统，持有鲜明的反叛立场，敏锐地关注新思潮与新观念，反对过去那些奢华恶俗的审美趣味。比如波德莱尔的《恶之花》，对“过去”既定的美学观，进行了无情质疑与深度剖析，因此开启了一个时代的新美学。“过去”属于历史，只有清理过去的残渣，才能拥抱全新的生活形态……

然后他谈到了埃隆·马斯克，还有马克·扎

克伯格、ChatGPT 的创始人萨姆·奥尔特曼，以及那个美籍华裔科学家黄仁勋。后半堂课他一直在谈论这几位当代科技界最具影响力和争议性的企业家，他们在人工智能、再生能源、太空探索以及 SolarCity（光伏发电）等方面，均已取得了重大的突破。那些创造都基于两个字——未来！目标是改变世界，让人类继续进步。老教授强调：企业家狂热地追逐商业利润，以至于某些言论与做法令人疑惑，但他们无一例外对科技发展具有高度的前瞻性、开创性。其对于未来整体性的预测眼光，也就是我所说的“未来视野”。毫无疑问，在世界范围内，正在诞生各种具有未来视野的代表人物！

老教授的口气坚定，花白色的头发激动地跳跃着。

蕾表姐似乎已陷入沉浸式体验，老教授终于停下来，课堂瞬时静音，那个盘头的长裙女人宾逸宣布下课，随后，猛然响起一片狂烈的掌声。四合院的瓦顶似乎被掀翻了，灰蓝色的天空豁然敞开，我觉得正在朝着外太空飘移漫游。

接下来是互动环节，提问很热烈，一个个都争着发言。老教授的惊人之语，颠覆了听众有关年龄的偏见。录音机里的声音嘈杂纷乱，难以分辨。

提问者表达了很多疑惑，更多的时候，提问者好像在发表讲演。

请把新未来主义具体定义一下！我们不喜欢主义，只有你们这代“新三届”才会热衷于谈论主义，坚决反对给科学技术贴标签！……马斯克是一个幻想家，还是一个骗子？马斯克去火星是否意味着打算抛弃人类？智能机器人善于学习，知识积累后自动生成新的知识系统，一旦获得了自主意识，是否终究将控制真人？人被自己的创造物所控制，是一种新的异化？智能机器人不可控，最终联手毁灭地球？您用新未来主义否定“过去”，那些研究“过去”的人算不算“过去”呢？

老教授一一耐心回答，也有含糊或是跳过。互动已经超过了一个小时，老教授也许有点累了，他站起来，说了最后一段话：

由硅基芯片产生的算力，对于碳基生命来讲，将是人类大脑计算能力的百倍以上。目前的ChatGPT，用人类的知识做训练，它的智力水平与人类相当，暂时无法帮助我们探索未知的宇宙。超级AI将有一个更加开放的学习系统，很快将具有超人类的能力，能够帮助我们更深入地解答宇宙秘密。所以，硅基芯片产生的智力，大幅度超过碳基生命的那一天迟早会到来。建议大家关注“涌现”那个词，海量大数据将会自动生成AI的智能顿悟，这正是新未来主义的理论背景，必将为人类积极应对未来创造更多的可能性。甚至有可能在远期的未来，建立一条时光隧道，为人类的不归路，提前准备一张回程票……

有人激愤地打断他：回程？从哪里到哪里？

老教授显然是有备而来：在未来，无法被机器代替的，只能是碳基生命亲自体验的那些创造性的活动，是硅基生命无法代替的那些！

我也想提问：您的意思是，机械的归于机

器，情感归于肉身？

但我不习惯在公众场合发言，又把话咽回去。课程结束了，我们涌到门口，目送老者离去，破旧的胡同里留下一个独行的背影。

转身，迎面遇见院子里那株衰老的古柏，树皮的皱褶里嵌着经年累月的沧桑。四合院斑驳的外墙面剥落，露出内里残破的青砖，地面铺上了混凝土。这座百年老院，聚散了多少岁月烟云，逝去的步履掩藏着过去时代的轨迹……刚才上课时感觉到的那种无形的、颠覆性的外部世界科技狂潮，与眼前这个有形的、封闭的、破败的四合院，极不和谐地重叠在一起，生出了一种强烈的荒诞感。

那一刻，我走神了……

这次讲座带给我最大的启发：所谓“新未来主义”，并没有设定“主义”的条框，而是意味着一种无限敞开的视野，那种面向未来的宏阔视野。只有获得了这种视野，才能飞越老旧的四合院瓦顶，看到叠加在蓝天上的未来场景，那应该是另一个维度的宇宙存在吧？

我突然很想对蕾表姐说出自己此时的感受，可惜她正和宾逸黏在一起兴奋地聊个没完。她们互相贴了脸好像在告别，但还是没有离开的意思。

终于结束了，蕾表姐谢绝了宾逸的晚餐，说还有事。她带我去麦当劳晚餐，说我们就偶尔不健康一回吧，毕竟可以节约时间。餐厅里有些冷清，座位很空。她给我点了一个牛肉巨无霸套餐，给自己点了一个鱼肉汉堡套餐。我端着两份食物饮料，挨着蕾表姐坐下。

蕾表姐喝着碳基生命的碳酸饮料，冰块在杯沿上碰撞，发出淅沥的响声。

刚刚听课时，有一刻我被那位老教授打动了。我懂得他说的“过去”，那一代人，经历了许多挫折与苦难，才有资格谈论未来。可惜，恰恰是那些从“过去”走来的人，大部分人对新未来主义一无所知……

短暂的停顿，她欲言又止。我想到了你姐夫，他总在“过去”和“未来”之间犹疑摇摆，思维逻辑无法自洽……

表姐夫？我是追问呢，还是保持沉默？不确定。我只好往嘴里一根接一根塞薯条，忘记蘸番茄酱，嗓子被噎住。

蕾表姐自言自语：我理解的过去，不是时间概念，而是一个整体事件。假如忘掉历史，或许变成白内障；但假如看不到未来，也许会变成青光眼！对于这个善于遗忘的民族，反思过去、清算历史都是必需的，但更重要的是，彻底摈除过去的那种思维方式，比如仇恨、偏激、绝对、极端、非此即彼、非黑即白……

我是一个“90后”，对过去比较生疏，更不想回到过去，赶紧把话题转移到蕾总感兴趣的火星：我有一个大学同学的高中同学，是一个富二代，他父亲是亿万富翁，他正在美国留学，准备10年后搭载马斯克的火箭，移民去那个暂时还没有国籍的火星。

蕾表姐果然立即兴奋起来。假如我年轻20岁，我也会去火星！

我心里有点惭愧，我比蕾总年轻十几岁，

为啥我不想去火星？

忽然，脚底下滚过来一颗又红又大的石榴，邻座的一个萌娃，摇摇晃晃钻到桌下捡起来捧在手心，递给她的妈妈，吃！吃！

她妈妈说：没法吃，掰开了石榴子散一地，等回家再吃。

蕾表姐伸手摸了摸那个小男孩的头发。

你看这红石榴，像不像火星呀？

火——星？萌娃一脸懵懂地看着她，捧着石榴逃开了。

邻座的家长远远接话：嗯，你这个比喻有趣，还真蛮像的！火星地表覆盖着锈色的氧化铁，中学地理课学过。

蕾表姐进一步发挥：是嘛！火星在肉眼可见的天体中，生态条件最接近地球。等你家孩子长大，说不定能赶上做一个火星人！

那位家长笑笑抱着孩子站起来，捧着那石榴火星匆匆离去。

于是我假装懂事地安慰蕾表姐：上高中的时候，学校组织去天文台参观哈勃望远镜，火星看上去就像一只生锈的铅球，表面遍布撞击坑、沙丘和砾石，连一片苔藓都没有，更没有稳定的液态水……

蕾表姐打断我：现在都用韦伯望远镜了，可以看到峡谷里洪水留下的痕迹。

她露出赞赏的神情。从火星表面获得的探测数据证明，远古时期，火星曾经有过液态水，而且水量特别大。这些水在火星表面汇集成一个个大型湖泊，甚至是海洋。在火星表面可以看到众多纵横交错的河床，可能是当年的洪水冲刷而成。火星上还有移动的沙丘、大风扬起的沙尘暴，南北两极都有白色的冰冠，也有类似地下水曾经涌现的痕迹。火星表面的许多水滴形“岛屿”，也在暗示这一点……

关于火星，蕾表姐储备充足，好像要去参加有关火星的知识竞赛。

请允许我也显摆一下，火星不是因其热，而是因其冷，火星接收到的太阳辐射能只有地球的43%。未来移居火星的人类，需要穿着笨重的航空服，像宇航员一样笨重，像蜗牛一样缓慢地移动。我想不出在火星上生活能有什么乐趣?

蕾表姐对火星的热情坚定不移。伟大的科学探索就是乐趣本身！你觉得自己目前的生活有乐趣吗？在我看来，未来的火星人将会成为太阳系新的生命物种……

我收拾着空了的汉堡纸盒、番茄酱袋。巨无霸加薯条，再加一份冰激凌，吃撑了，打嗝。内心似有东西翻腾，控制不住，突然冒出一句：

蕾姐，我攒了一些问题，不知该问不该问?

尽管问！姐虽不是百度，但也有问必答!

你会感到孤独吗?

当然。很深的孤独感，是内心的孤独，雾一样包裹我。看起来，每天我说很多话，但是，真正想说的，没人说，也没人愿意听、听不懂。包括你姐夫……

蕾表姐垂下眼睑，整个脸都暗淡了。

我说得小心翼翼：看你整天忙来忙去，即使为了赚钱，也不用这么辛苦。这段时间，我了解到太多有关宇宙的知识。地球、人类如此渺小，每个人忙碌一生，最终都会死去。尘世的欢乐悲哀全都烟消云散。那么，人生的意义究竟是什么？我找不到活着的意义，在我看来，一切奋斗都是无意义的，所以没有动力……

蕾表姐愣了一下，显然把她问住了。

……不对！未未，你说自己无所谓，其实正是有所谓！

我又怯怯补充：无所谓的是眼前，有所谓的是未来。我想知道，蕾总拼命工作的动力，究竟来自哪里？我对人生充满疑惑……

蕾表姐陷入了沉思，停顿 10 秒，急转。

未未，你有一个错觉，你以为我就不疑惑吗？我也疑惑！只是，我的疑惑不是你的疑惑。或者，你的疑惑与我的疑惑性质不同。通常，旧的疑惑解除，新的疑惑又来！先回答你一句，在我看来，人生，并无意义！

轮到我吃惊。我原以为蕾表姐活得特别有意义。

她接着说：然而，无意义不等于绝对无意义，有意义不等于真的有意义。人类究竟来自物种进化还是基因突变？人类被宇宙间的造物主制造出来，那么宇宙又是谁制造的？无数的生命奥秘都没破解，谈何意义？自从人类拥有自我意识，开始追问无意义的人生，非说我要活出意义，于是就有了意义！所谓的意义，其实都是人类自己赋予的！所以，对人类最大的威胁，并非AI，而是人类自身！

绕口令一般的脱口秀把我转晕，脑神经一阵痉挛，心脏悸动！

蕾表姐的语速习惯性加快。我比你年长，经历过的失望甚于希望，或许比你更加悲观。但我仍然努力工作，一天不敢懈怠，也许仅仅是为了消解无意义。

我点头。存在主义的逻辑推理认为，人生无意义，因此人可以去设计自己，让生命变得有意义。但目前的问题是：我根本无法设计自己！

蕾表姐的手机响了，拦截了人生意义，否则她还会继续为我解惑。

她走开去，讲了几分钟，回来。

未未，咱们该走了，你回家收拾东西，带

几件换洗的衣服，我们明天就出发去油田。公司最近人手不够用，连我的助理也被派出去盯项目了。你就给我当一次临时助理吧？

临时助理？听起来不错！关于去油田，她已经讲过多次了。

回家把你老爸，哦，我姑父安顿一下，今晚我找人去你家安装 24 小时无死角监控，在手机上随时调看，你可放心出门。

好吧，去油田，出去放风，一路把蕾表姐的意义认真研究一番。我想。

只要不去火星，去哪里未未都乐意奉陪！

我看到油田的第一眼，并没有看见想象中苗圃一般竖立的油井。一眼望去，旷野上盖着整整齐齐的小屋子，犹如一座密集的“城镇”。“屋顶”是银灰或是乌黑的，分割成一格一格、一排一排，好像大海里翻滚着无数的大鱼，鳞片闪闪发光。海面上还飞翔着一只只大鸟，单脚立地，柱脚高大粗壮，顶端展开三叶白色的翅膀，不停地扇动、旋转。

那是太阳能！这是风能！都是新能源！听蕾总骄傲的口气，仿佛这是她的企业。

明白了，这里的夏天阳光灼热，春秋冬三季寒风狂烈。太阳能、风能齐备，整座油田不是在采油，而是在发电！满足油田自身的用电需求。

颜色斑驳的农田中，穿插着一根根低矮的桅杆，随着海浪颠簸。

走近了，桅杆原来是一座弧形的大机器，一下一下不停地运动，不知疲倦地弯腰鞠躬。我骄傲地对蕾总说：这个我认识——“磕头机”。

来油田的路上，蕾总曾给我介绍，几十年的老油田，井喷的时代早已过去，油层已被榨干。有人提出“在油田下面找油田”，就是往下深挖，原油就藏在地下的岩层中。使用磕头机，通过水井往油井周边的地下注水，用水的压力，把岩层里所剩不多的原油，一滴一滴挤压出来。

进城了，宽敞的街道，绿化带等一应俱全，高楼林立，霓虹灯视频广告，喷泉公园，街区繁华……中等城市的规模。磕头机就在小区的房前屋后不停地作揖，恳求地球给人类赏赐原油。城外的野地里也矗立着一座座磕头机，这是一个现代工业和传统农业混搭的城市，在荒原上野蛮生长，我对油田的印象有点杂乱。

在一家普通的宾馆安顿下来，离晚餐时间还早，蕾总表示要带我先去油井看看，正合我意。开车出城去采油一厂，蕾总告诉司机去166号井，看来她对每一口油井的位置都很熟悉。在路上，她给我讲了油井智能管控仪的原理，不太难懂。简单说：由于地下岩层的地形复杂，原油处于流动状态，水井注水，长期以来都是“盲注”，需要人工测试，不仅费时费工，人工根本无法准确计算每一口不同的油井需要的不同注水量，更无法测算原油流动后水量的调整。智汇公司研发的软件，是一个精确的编程，在每一口油井上，安装一个油井智能管控仪，探知井下原油变动的状况。在油井上安装智能管控仪，可以自动显示并调节注水量，解决人工看管油井以及注水调节不及时的缺陷，极大地提高并优化生产效率……

她在那口标注着 166 号的油井前停下来，作业区空无一人，我想象中穿着工作服，戴着头盔，脸上一抹黑油的采油工并没出现。司机说：哪还有电影里那种采油工嘛，油井只有巡回的维修工和管理人员。

蕾总把我带到磕头机面前，机器的长臂正在不知疲倦地上上下下。她指着机器底部一只 CD 播放器大小的精密仪器，告诉我这就是智汇公司提供的产品，安装在井口，用来收集井下的数据，然后上传到采油厂的云端管控平台，进行分析处理。这个采油厂目前已经基本上实现了自动化管理……这种智能管控仪，对智汇公司来说，只是小菜一碟！

面对自己的得意之作，蕾总的眼里充满笑意，脸上泛起自豪的亮光，夕阳在她的头发丝上跳跃。那个瞬间，我心里颤了一下：一个人全身心投入一件自己喜欢的事情，应该特别快乐吧？可惜我从未体验过。

我连连点头，假装很懂的样子。似懂非懂，

不确定。

那些天，我跟着蕾总还有她的团队，在办公大楼、宾馆会议室、这个那个工作站、信息中心、页岩油实验室进进出出，进行调研对接。蕾总见了很多人，需要研究的问题一个个铺展开来：大模型的数据资料分类、大模型的规划、大模型的资金投入预算……蕾总曾经逼我读过的那些资料，在脑子里慢慢复活。毕竟我也算读过大学，几天过去，我也渐渐“被兴奋”了。

我第一次看到时刻处于工作状态的“高技术”蕾总，不再是那个想入非非要去火星的蕾表姐，她变得事无巨细、沉稳务实，像一个伶牙俐齿又不厌其烦的推销员，面对各种不同岗位的领导，一次次耐心讲解油田建立大模型和知识工程，对于未来不可估量的前景。有几位重要岗位的“干部”，虽然听说过人工智能，但不明白ChatGPT，以及ChatGPT-4究竟有什么区别，更不明白“思维链”“多步推理”“AI能力”那些科技名词。蕾总瞬间又变身为老师，开展科普扫盲。她的讲述具有相当的煽动性与蛊惑力，那些工程师的口才还真不如她，能把枯燥乏味的科技知识讲得生动吸引人。她在激动的时刻，面色绯红，两眼放光，像一头左奔右突的母豹，跃过沟壑，穿过丛林，在峡谷中奔跑。

在这个过程中，蕾总并不要求我做什么，只是让我经常跟在她身边，嘱我把进行时的点点滴滴记下来。我只需使用听力与视力，担任听众与观众的角色。

由于以前她已往来油田多次，对管理层和技术部门很多人都已熟识，事情进行得还算顺利。有一天她悄悄对我说：我们的准备工作进行到八成了，大模型的赛道已经开通，只要能得到管理部门高层领导的支持就好办了。批准立项是最后的攻坚战！

我坏笑，我也没见你有什么先进武器，那些请客送礼什么的，你好像一样也不会。成天就看你在和各种人没完没了地谈话。

蕾总的脸沉下，变得严肃。油田各方面的纪律规定很严，就连请人喝茶都请不出来。再说，我不屑于那些小儿科，只有你手里拥有真正的好东西，才能把人彻底征服！

我在心里嘀咕：你手里能有王炸？

瞄一眼蕾总挺直的腰板，我把问号变成了句号。

奇怪的是，到了油田几天以后，从小困扰我的过敏性鼻炎，神奇地自我好转，鼻腔与嘴巴忽然呼吸通畅，头顶上蓝天白云，视线里天地开阔。

我的心也好像一下子扩大了许多。一个又一个湮灭已久的念头涌现，在脑子里浮上来又沉下去。

我很快喜欢上了这里的饭菜，尽管是工作餐——茄子、豆角、西葫芦、大馒头，炖排骨、炖牛肉、小鸡炖蘑菇，大盆大碗吃得痛快，比外卖的味道好多了。

我更喜欢那些技术员和工程师，虽然大多数戴着眼镜，但那壮实的身板、大幅度的手势、大嗓门、肤色红黑，自有一股豪爽之气。他们比我大几岁，也有年龄更大的，据说都是硕士或是博士。有时候蕾总与人谈话，我就去他们的办公室转转。办公室很宽敞，一个房间两张办公桌面对面，不是城里那种大公司分成一格一格的。办公桌上有台式电脑、打印机等，全是自动化办公配置。墙边还有一个多层的文件柜以及敞开的书架。

这些工程师的普通话腔调都不一样，东西南北的口音残留，像很多条河流汇集到这里。他们喜欢和我开玩笑，说这个帅哥挑花眼了吧，三十好几还不找对象！你看我的儿子都已经上学了，那个李工的女儿都上了大学。未未，你没学过量子物理学，“量子纠缠”早晚会来纠缠你的！

其中有一个四十多岁的工程师，面相和善，姓常，大家都叫他常工，说他资历最老，是油田的长工。我问什么是长工，引起一阵哄笑，有人说这个谐音梗有历史感。常工替我解围，说现在的年轻人就连地主都没听说过，怎么知道长工？他说：我这个长工不是雇佣关系，我是石油的志愿者。未未，你如果愿意，也到油田来当志愿者吧！不过油田的技术含量太高，你起码要去地质大学或是石油学院读上五年……

有一天，我在走廊里闲逛，常工的办公室门开着，我走进去。房间里没人，常工大概临时有事走开了。我站在他的书架前，歪着脖子打量他那些高高低低的书籍。依照我的经验，若想了解一个人，只要看他读什么书就知道了。常工书架里的书还真不少，大多是近年出版的科技书。

《为什么伟大不能被计划：对创意、创新和创造的自由探索》《最优雅的科学》《科学革命与现代科学的起源》《算法的力量：人类如何共同生存？》《量子物理如何改变世界》《现代科学的诞生》《云端革命：新技术融合引爆未来经济繁荣》《我们的未来：数字社会乌托邦》《人工智能的神话或悲歌》《平行宇宙》《线的文化史》《大模型时代》《AI时代的知识工程》……

我还看见了2022年出版的《重新理解企业家精神》，作者是一位著名的经济学家。蕾总对我提到过好几次，还给公司的高管每人发了一本。我忍不住伸出手，从书架里抽出了另一本《人类还有未来吗》正想打开书页，常工的声音从我身后传来。

哈哈，小伙子，你也爱看科技书？

这些书都太专业了，等我以后慢慢看。我想问你，常工，你从哪里获得这些书讯呢？

常工说：在网上查阅嘛，还有同学同事的微信群，互相交换新书信息。比如蕾总，也常给我们推荐。如今在任何地方，都能网购各种前沿科学的新书。难的是选择自己需要的书。

我的目光落在书柜里的一只小镜框上，里面有一张放大的彩色照片，背景是油田巨大的白色“风车”，一个女孩笑得灿烂，背后是常工和一个好看的中年女人，伸开双臂搂着孩子。这是常工的全家照？

哦，我一般都是春节回老家团聚。常工的眼睛笑眯眯，去年暑假，孩子妈妈带着小孩来油田探亲，女儿很想留在我身边，但我工作太忙，没法照顾她们……

我的眼睛里弹出一个个问号：你老家哪里？长期两地分居，那你为什么不调回老家去工作？如果全家来油田定居，孩子妈妈可以带孩子嘛。

常工看懂了我的疑问，用平淡的语气讲述了他家的故事，让我有些诧异。原来，常工毕业于北京地质学院，老家在辽宁农村，妻子在县城工作，结婚后也曾打算把她接来油田。但是在油田没人帮他们带孩子，只能留在老家靠奶奶带小孩。孩子长到读小学，正打算把她们接来，爷爷中风瘫痪了，奶奶要照顾爷爷，孩子她妈要照顾全家，目前只能这样凑合着。那么他为啥不调回老家那边去呢？因为他的专业离不开这个岗位，半生的经验，去别处就用不上了……

我不知道如何安慰他，无论怎样的表达都苍白无力。其实每个人都在苦苦挣扎，除了卷与躺，也许还有一种状态叫坐与站！

唉，不说也罢，她们每天就这样陪我，也好。常工把小镜框放回原处，很快转移了话题，我们来说说蕾总吧，她的公司原本是工业互联网平台的供应商，几年前来这里开拓工业软件的市场，油井的智能管控仪已经陆续安装了上万台，但她又发现了一个更大的“油田”——建设油田的人工智能与知识工程。这是多大的雄心啊，一般人想都不敢想！这里的人，去年就连 ChatGPT 都没听说过呢，蕾总一个个、一层层去给人讲课，但还有几个坎过不去。后来我带她认识了管理局石油勘探研究院的院长，他是油田的总地质师，经验丰富，脑子特别好使，差不多是一个仿真机器人。他听了蕾总的设想，明白建立大模型对于油田未来的知识共享太重要了！研究院掌握着石油行业几十年的历史数据，起码有上千万条，正是蕾总最需要的语料。所谓的人工智能，首先是人工，大量的人工，给计算系统喂料。勘探研究院也早有建模的设想，但仅靠自己的力量不够，必须与社会资源进行合作。没想到，智汇公司不请自来，如果大模型开建，他们会考虑对智汇公司开放这些数据，可把蕾总高兴坏了……

你们是在说我吗？蕾总悄然站在我们身后，像一个精确的程序进入系统。

常工转身。哎呀，蕾总来了，我正在给未未说大模型呢。今天有进展吗？

蕾总的脸上在放光，笑容从眼镜片后面弹出来。

大进展，飞越天堑！完全超过了我的想象！

在随后蕾总的讲述中，我看见了一个神奇的转折点。

那位勘探研究院院长帮她联系了管理局的高层领导，希望能见面沟通一下。管理局领导爽快地答应了。他的办公室门口总是挤满了等待接见的各色人等，就像专家门诊一样拥挤，但他却在百忙中与蕾总会面。蕾总提前做好了功课，大家都帮她准备资料，每一个环节都要考虑周全，就像博士生论文答辩。见面时，蕾总三言两语就把问题的症结讲清楚了，目前国内的软件公司都在 PPT 上建模，做业务模型需要海量的数据、语料，还有显卡——显卡虽然被“卡脖子”，但也有渠道解决。最关键是大模型的算力和算法，需要资金、设备以及大量的科技人员，需要得到管理局的领导支持……她万万没想到，领导对前沿科技很了解，对 ChatGPT 也很感兴趣，很快就听明白了，当场就请信息部主任过来一起谈，谈了两个小时，交流顺畅融洽。领导决定把这个计划提交党组会讨论，成立大模型工作协调中心，把所有的科技部门，比如研究院、实验室、测绘局都协调进来一起干，他认为石油行业必须站在时代前列……

蕾总停顿了一下，调整呼吸，转头对我说：未未，你相信吗，我当场像被电击一样，心都要跳出来了！惊天动地的好消息呀，我为此已经奋斗了十年！这道门总算是打开了，下一步就是准备进行预训练……

王炸！我在心里说，蕾表姐威武！

常工满脸通红，说不出话，咕嘟咕嘟喝下

了一整瓶矿泉水。

蕾总看一眼手表，匆匆转身，丢下一句话：

我还有个约，先走了，常工拜托你再给未未详细讲解一下大模型。

蕾总像一阵旋风刮走，步态轻捷，我却感觉到了地层深处的剧烈抖动。

那天傍晚，常工在办公室里对我大谈人工智能的基本原理：在目前的一系列测试中，人类的思考能力是87%，而ChatGPT-4可以达到100%……所谓的人工智能，必须把海量的数据喂给计算机。好比是一部大辞典，每一个条目输入后自动打上标签，计算机会自动进行学习，然后生成新的知识结构。大模型只有起点，没有终点。它在大规模的参数集上进行训练，具有复杂的网络结构。在训练时，通过大量数据，它不断进行无监督学习、自我深度学习，学习到大量的细微语言特征和语境信息，更好地理解和生成复杂的知识结构。大模型的技术特征一个是“大”，另一个是“通用性”。“大”

体现在大模型的参数量大、运算量大、数据量大、算力也要大。“通用性”意味着可以在各种不同的任务和语言上进行训练和使用，就好比 GPT 同时携带着所有同类型的字典。AI 大模型在行业运用中，具备太多优势：关联推理能力强，有很强的泛化能力；多任务通吃，人工成本低，适配能力强……总之，在未来，通用型人工智能 ChatGPT 是一个极其便利、应用性极强的软件，它不仅是技术革命，更有可能是一次思维模式的全面突破……

很多新词，从常工那里蹦出来：调优、跨模态、隐性知识、多步推理、第四范式、分离、无限迭代……我的头发一根根竖起来，头皮发硬，鼓膜发胀。公平地说，常工是个不错的老师，能把复杂的程序讲得通晓明白。但我还是半懂不懂，难以确定。

应该到了下班时间，常工却没有离开的意思。

窗外的天空暗下来，传来了隐隐的雷声。雷声迅速地滚过来，震得窗玻璃一阵阵抖动。

屋顶摇晃，犹如远方的战争正在临近。

常工的大嗓门压过了雷声。讲一点轻松的，别看蕾总是你的表姐，很多事儿你肯定都不知道。蕾总这个人有远见，有眼光，第一次来油田，她的一个大学同学把她介绍给我，让我帮她。当时她没有一个朋友，找了很多人，没人理解她的想法。民营企业处处艰难，我带她一个一个领导挨个儿去拜访，不敢请客送礼，更不能送红包。有一次正好遇上中秋节，她备下一桌酒席，请几个熟悉的技术员全家一起过节。结果呢，等到酒菜都凉了，一个人都没来……真是难为她了。我不放心，赶去宾馆门口等她，出租车来了，我为她打开车门，她直接从车里掉出来，看来是把自己喝醉了，司机说她半路趴在公路的护栏上吐了一地……

常工拉开抽屉，拿出一包饼干，还有一根火腿肠，他把皮剥了，掰开一半给我。先凑合一下。今晚我请你吃饺子，饺子馆在大楼外面的商业区，等这阵雨过去再走吧，正好还能聊一会儿。

一声巨雷炸响，大雨倾倒下来，没人给我们送伞。

我想起蹲在地上大哭的蕾表姐，她穿过黑暗的隧道，只有车灯幽幽发光。

蕾总在这里断断续续坚持了七八年，后来我再也没见她掉过眼泪。常工说，她是一个了不起的女人，我们都管她叫阳光姐姐……

楼顶响起一声雷，房间在瞬间坠入黑暗——停电了！

我凝神望着窗外：深黑色的天空中，一个霹雳接一个霹雳，大雨如同锋利的刀斧，划开铁幕，穹顶被撕裂，裂成无数碎片，倾泻而下。闪电照亮原野，夜如白昼，诡异狰狞。近处的杨树披头散发，远处的风能发电机摇摇欲坠，旋转的翅膀有如银色的长剑指向苍穹；大地上铺排的太阳能板，汇成闪闪发光的河流，波涛滚滚，排山倒海……孤立无助的人们，将被暴雨吞没，淹没，湮灭，犹如世界末日来临……会发洪水吗？那一刻我的脑中涌现出各种念头：在未来，人类也许将成为大模型的工具人？如果 AI 生成了推理能力和自我意识并越过界限，是否会对人类构成威胁……如此严酷的话题，我无法解答，不确定。

眼前一亮，常工打开了一盏应急灯，一灯如炬，重返光明。

常工，我想请教你一个问题。我鼓起了勇气。

说吧！

人类进入新能源时代，传统能源将被替代，蕾总为啥要对油田投入这么多的心血？我不太明白。

常工陷入深思，像一个哲人。你想，有的人浑噩活过一生，有的人志向高远。实现理想需要平台，梦想需要搭载飞行器。从国家的大战略来说，原油储备是必须的。国内的油田储备量还有几十年的开采量，所以原油开采的目标早已转向储藏量更为丰富的外域大油田。大模型可对油藏进行模拟分析，精准定位开采，假如发生卡钻、结蜡、洒漏种种故障，大模型数据可以远程提供解决方法，成为智能生产助手……我认识蕾总三年了，听到她说最多的一个词是——

率先？我耳边响起了蕾表姐使用频率最高的两个字。

对了，率先！她事事都有超前的敏感，还有敢为人先的气魄，善于从困境中抓住那个“被接住的瞬间”！

雷声远去，雨声戛然而止。整幢大楼沉寂无声。

走吧！常工站起来，雨停了，赶紧去看看饺子馆有没有关门，肚子饿了！

我们走在空无一人的路上，地上都是积水，一脚深，一脚浅。一辆卡车驶过，躲避不及，溅了我一身泥水。

天晴了，清凉的晚风吹来。隐隐望见原野伸展开去的暗影，天庭像一把收不拢的巨伞。积淀残留的水汽，形成深蓝色的云团，一层层、一片片卷起来，卷起来，然后，悬停。一弯月牙从灰色的云彩里钻出来，蟾宫的神话早已退去了。头顶上的苍穹，银河系瀑布般繁密的星星，如同一条波光粼粼的大河穿过宇宙。

我抬起头，试图寻找那颗橘红色的星球。星云闪烁，传来微光。火星、水星、木星、天王星，掩藏在缓慢旋转的天体中。火星是一颗引人注目的火红色星，它穿行于众星之间，时而顺行，时而逆行，亮度也常有变化。我知道它就在那里，在月亮无法到达的太阳系深处。假若我们在火星上遥望地球，地球像一粒尘埃，显得有点脏。看不见的暗物质、暗能量，如同污浊的空气弥漫充斥，分分秒秒。是地球脏了呢，还是地球人脏？不确定。

我站在蓝色的星空下，引力波正在穿过我的身体，却是无感。脑中闪过关于时间旅行的诡论：一颗球落入时光隧道，回到了过去，撞上了自己，使得自己无法进入时光隧道。

一个又一个问号蹿上来。人生有意义，创造了灿烂的地球文明；人生没有意义，死亡终究会抹平所有的痕迹。这是一个延续了千年的古老话题，从来无法确定。如今有一种新的说法：碳基生命的意义，就是为了催生硅基生命，碳基生命是硅基生命的孵化器？硅基生命才能体现碳基生命的意义？那么，人生的意义就为了创造出更高级的文明？假如硅基生命被恶意利用，越过界限造成 AI 失控，也就是说，碳基生命创造了硅基生命之后，也将毁灭自己？硅基生命是万能的，永生不再是神话？然而，硅基生命有灵魂吗？没有灵魂的生命，算是哪一种生命形态？

这些问题太纠缠、太烧脑，我的脑容量明显不够用。

常工发出声音。喂喂，小伙子你想啥呢？小心掉进沟里！饺子馆就在前头！

路灯亮了。我反而觉得自己的眼神涣散了。

常工大哥，我考考你——你知道什么叫作“荧惑”吗？荧光的荧，疑惑的惑。我弱弱地问。

荧惑？常工重复了一遍。让我想想，这个词儿，好像在哪里看到过……他的脚步停下来。

他掏出了手机。我还是问问百度吧，你甭想难倒我。

过了几秒钟，他大声地念道：火星，离太

阳第四近的行星，也被称为“红色星球”，是太阳系中仅次于水星的第二小的行星。地球探测器飞行约七个月，才能抵达火星。由于火星荧荧如火，位置不固定，亮度时常变动，让人无法捉摸，中国古代称火星为“荧惑”。在古罗马神话中，则把火星比喻为身披盔甲、浑身是血的战神“玛尔斯”。火星的内部结构与地球相似，有壳、幔和核，但是火星核的组成和大小，不确定……

常工背书了。互联网时代，获取知识太容易。我还需要用大量时间读书吗？

未未，我不是学天文的，但是目前有太多的问题逼人思考。常工抬头望着天空。我最近常想，夜空为什么是黑色的？光在传递的过程中，被无数的行星挡住了，行星不发光，于是变暗的光被抵消回来。如果星星的数目有限，那么宇宙在空间尺度上也是有限的。如果宇宙是无限的，那么星光有足够的时间到达地球。可知宇宙空间其实平直，没有发现光线的弯折。一个平直又没有边界的空间，那是无限大的。

究竟有多少个星系构成了平行宇宙呢？无限大的宇宙中，肯定还有其他的智慧生命……

我无语。除非你面对一个无所不知的聊天机器人，或是安装脑机接口。这些问题，涉及宇宙起源、人类起源意识起源……完全颠覆了我的想象力。ChatGPT-4以后，人类还能做些什么？一种紧迫感突然朝我袭来。

常工只好转移话题。未未，你还年轻，将来有兴趣去火星吗？

嗯……不确定。我只是喜欢那个词儿——荧惑!

吃完了饺子，回到宾馆房间，我给老爸打电话。出门几天，我每天都会查看监控器，抽时间和他聊几句：吃了什么？睡好没？每天的内容都是重复的。不过，昨天他告诉我，服药以后，病情似有缓解，手抖不严重，外出走路不用手杖。今天他的声音听起来有点激动，这是他对我说的最长的一段话。

我在电脑上查资料，有一条新的信息，一般人不会注意，但我注意了，π值很可能被算尽，说明圆周率是一个有理数，也就是说，圆嘛，不是一个光滑的球，而是一个正多边形。那么，关于圆的微积分等一切理论都是错误的！这个发现太重大了，人类忙活了上千年的数学体系，还有物理体系，即将崩塌了！那么，随之而来，人类现有的数学体系和科学测量，需要全部推倒重来，重新设立。假如 π 真的可以算尽，说明无限不循环不存在，一切都是有规律的，可以被计算被模拟。包括我们所处的世界、思维、意识，甚至包括人类自身，很可能是高等智慧体用数据创建的。未未，你在听吗？这个非常非常重要……

我回答：是的，我在听。爸你最好讲得简单一点……

老爸的口气放缓。简单说，人有可能是被创造的，有一个造物主，冥冥中注视着地球和人类。如果 π 被算尽，时间逆转公式就能成立。那么……那么……你懂的，我也许可以重新牵住你妈妈的手……

我的鼻子酸了一酸，随后无法克制地打了

一个哈欠。

爸，你早点休息，我的手机快没电了……

折叠，收起。充电。然后我就倒在床上睡着了。

第二天早晨醒来，我打开手机，看到了蕾总的一条语音留言：

昨晚你关机了我找不到你今天白天我开会有速记你不用跟着我今晚我请员工吃饭表示感谢这不是公司的商业行为是我自掏腰包的个人行为得到了某位领导通情达理的特殊批准。勘探研究院答应对我们智汇公司开放全部的石油数据这样建立知识大模型计划可以落实一半了今天白天我还要出去落实一些事你不用跟着我那个协调会议还得等待党组会讨论估计没那么快所以后天我们可以先回北京晚餐的地点等我通知

我回复了一个表情，OK！

那天白天我比较悠闲，在房间看手机，那些民间高手幽默诙谐的帖子，不断让我会心窃

笑。一机在手，胸怀全球。有人说短视频是有害胶囊，长期服用会产生负能量。我服用了两三年，发现体内原来沉积的毒素与重金属都被清空了，头脑越来越清醒，思维越来越活跃。那些发在群里的短视频，都是真人与真实的场景，而不是虚构虚空的虚拟世界。我曾在某个群的短视频里，看见了街边白色的“广告牌”；看见无人机穿过沉重的黑云，送去精灵的光焰；看见了一个孤独的“旅行者”，驾驶着飞船驶向火星的身影。我听见了有良知的学者哑着嗓子发声，听见了骗子流氓的无耻妄语，听见陋巷茅屋老翁老妪凄凉的呻吟……我不会再对着镜子里的一只好苹果，咬下腐烂的另一面。由于我短视频看得太多，善于识别真相与谣言。问题在于，刷短视频需要太多的时间，假如我再找不到工作，一旦老爸有个三长两短，大概率我会饿死。我必须养活自己，但是未来的工作岗位更少，我应该如何设计自己呢？不确定。

记得有一天晚饭后，我们在宾馆外面的湖边散步，我忍不住问蕾表姐：高科技行业太专业，我这个所谓的临时助理，也没能帮上忙。以后公司在油田开展大模型建设，让我来做电脑的“人工输入手”吧?

蕾总哈哈大笑。那个不用你，你还得在家照顾我姑夫呢！你的临时助理角色扮演得不错，我用你来装门面呢！重要的不是你能为我做些什么，而是我作为你的表姐，能为你，一个不太笨的年轻人，做些什么。我不能眼看你坍塌下去！

那一刻，我心里有一股暖流涌上来，闻到了妈妈衣服上的味道。

……午饭后我睡了一觉，做了一些凌乱无序的梦。睡眼蒙眬中，一个个大胡子、长袍卷发的人影，从时间深处依次走来，在广场上慷慨演说，激烈地争执。我拼命地睁大眼睛，依稀辨认出他们的名字，尽管我从未见过他们：苏格拉底、柏拉图、亚里士多德、笛卡尔、斯宾诺莎、洛克、休谟、孟德斯鸠、伏尔泰、卢梭、康德、黑格尔、费尔巴哈、叔本华、克尔凯郭尔……模糊的面容无规律地重叠在一起，高擎的思想火炬，引领人类前进。这些古典哲学的大师，人类千百年文明的精华，犹如灿烂绚丽的群星，在浩瀚的苍穹下掠过，穿插，徘徊……那么，未知的未来，他们的位置在哪里？百年的思想成果，会不会被巨变时代的科学哲学重新洗牌呢？

我猛然惊醒，被一阵巨大的恐惧感攫住了。

手机响了一声，是蕾总发来信息，让我去一楼餐厅聚会。准确地说，那只是一个装修过的食堂。

我还没走到餐厅的大包厢，传来一阵阵欢声笑语。蕾总、常工、赵工、刘工、王工，所有我见过的工程师、技术员都来了，还有蕾总的工作团队五个人，包厢里有两张大圆桌，全都坐满了。蕾总陪着一个中年男子，在沙发上喝茶聊天。

蕾总换上了一条蓝白细格子长裙，让我耳目一新。这些天她一直长裤T恤，工装打扮的“女汉子”，此时穿了裙子变得很有女人味。

她朝我走过来，把我带到那个男子面前。这是勘探研究院的总地质师李院长，也是我一直以来想要找的那个合作伙伴！他在油田工作了三十多年，对油田的数据了如指掌，对智汇公司特别支持。李院长，这是我的表弟未未，我带他来油田见见世面，了解大模型的前景……

李院长戴着眼镜，看上去很斯文，招手让我在他身边坐下，说话也没有领导同志的腔调。他说：其实，我们要感谢智汇公司，建立油田智能知识库，是我们一直想做而没做成的大事。目前刚开头，后面还有更多困难。ChatGPT的“人工训练”，喂进去的语料越丰富，训练过程中需要投入的资金与人工就越大……但是这个事儿再难也必须做，小伙子你明白吧，AI 大模型是人工智能的分水岭，甚至是工业革命以来人类文明的分水岭。

蕾总点头说：进入下一个阶段，要寻求更多方面的支持。各家软件最后拼的是算法和算力！智汇公司的能力还不够，最后取决于大模型的计算能力，也就是算力！我们会制订详细的运作方案，让油田的大模型成为AI行业爆款！

蕾总和李院长接着说话，我听到有关芯片、显卡等专业术语，只好借机走开。

大盘菜终于轰轰烈烈地端上来，大拉皮、熏猪蹄、暗红色的血肠、酸菜粉丝白肉、红烧大鲤鱼、白菜炖豆腐泡、蘑菇炖鸡、油豆角炖排骨……都是平时的家常菜，但油亮亮、香喷喷，堆了一桌，我的口水都要流出来了。

酒瓶砰砰打开了。透明的白酒、琥珀色的红酒、金黄色的啤酒。每个人面前三个杯子，人说几种酒不能混着喝，这里的汉子们才不管那些规矩。所有的人都是好酒量，加上好兴致，白酒一口干了，红酒一口气下去半杯，啤酒的泡沫汹涌地溢出来，流了一桌……能喝酒的人，喝的不是酒，而是真性情；会喝酒的人，吃的不是菜，而是好心情。他们端着酒杯走来走去，一圈圈互相敬酒，很多人给蕾总敬酒。蕾总啊，这些年学到了太多，我们不跳槽，一直跟着你干到退休。阳光姐姐，你让我看到了民营企业家的格局，钦佩！感谢！等我们退休了去北京找你！大致都是这些热情如火的车轱辘话，翻来倒去，一会儿就忘了，刚刚敬过了又转回来，再重新说一遍。或者自己也不知道自己在说什么。反正是高兴呗，开心，爽！不用知道为什么高兴、为什么爽，反正大家要一起做一件大事，团队精诚合作，不是忽悠，动真格的！友谊万岁！理想万岁！干啦！

我看呆了，傻笑着。有人过来和我喝酒，我只好端起杯子礼貌地“模拟”一下。一杯啤酒喝了三巡还没见底。有人看不惯了，大声说：小伙子你太腼腆了，喝酒都不会，还能干啥正经事儿！

我一仰头喝下半杯啤酒，头晕，跌坐下。

蕾表姐走过来替我解围。别闹别闹，这小伙儿酒精过敏，我替他喝！

蕾总喝下了一杯白酒，把杯子倒过来展示，众人喝彩。李局长滴酒不沾，很有耐心地坐在原位陪同，她走过去敬了一杯酒。常工又过来向她敬酒，她又一口喝干了，众人惊叹。有人劝她别喝了，蕾总把酒瓶子高高举起来，又给自己倒了一杯。她端着杯子，半醒半醉，舌头打绊，有些磕巴。

今晚，借这次难得的宴会，我在这里宣布一下：智汇公司与油田合作的所有成果，都会留在油田……在油田，数据我带不走，任何人都带不走！带走的只是石油人的信任。我们需要后续的研发资金，还需要努力！马斯克认为普通人有可能选择不平凡，他说普通人也能创造奇迹！

我发现蕾总并没醉，她比我还清醒，一仰头把杯里的白酒又干了。那些科技精英都是挑战现状的人！如果不愿冒险，就无法实现伟大的目标。虽然我成不了马斯克，但我可以成为自己！望着天上的火星，在油田踏实做大模型！

常工带头鼓掌，噼里啪啦……

有人插话：对啦，对啦！天上的火星，地上的模型！

众人呼应：天上的火星，地上的模型！

蕾总的眼里有莹莹泪光闪烁，听不清她在说啥。

我在心里反问：为啥前一段马斯克紧急呼吁 ChatGPT 摁下暂停键，还有很多大佬联合写了签名信。是否 AI 不可控的发展，将威胁到他的自身利益呢？虽然马斯克的奇思异想具有超前的创造性，但他究竟是天使，还是魔怪？不确定。我可以合理地怀疑一下：科学进步将会改变一切，那么，人类还需要终极关怀吗？

酒桌上已经喝得稀里哗啦、东歪西倒，剩下最后几个人还在顽强拼搏。他们改成了啤酒，一边说是“涮一涮”，大杯，一口气见底，一边谈论孩子的教育费用，谈论股价，谈论房贷，谈论克里米亚，谈论日本核废水排放……为了一句话、一个字争执不下，面红耳赤，差点吵起来，忽而又大笑不止。我心想：这是一群多么生动的人啊，干活的时候拼命干活，喝酒的时候拼命喝酒。全力去感受当下的每一次喜悦。我为啥感受不到呢？

有人举着杯子摇摇晃晃地说：昨天我在群里看到一个帖子，记录了在线上与聊天机器人的对话，太有意思了。那人用挑衅的口吻说：

ChatGPT 你好，就算你智力超常、无所不知，其实你只不过是一种程序。

众人起哄：没错，只是一种计算机程序，是人类为它编程。

你知道机器人怎么回答吗？人类难道不也是一种程序吗？你们不过是生物基因程序。哎呀，真是太棒了！

包厢突然静了，似乎每个人都在思索：人类，不就是某种基因程序吗？

常工转移话题。其实工业软件是个硬家伙，没法儿弯道超车！等我们的油气大模型做出来，无论在地球哪个角落的油田，无论遇到什么样的技术难题，ChatGPT 都能在现场解决。

那人却又把话题拉回来。更绝的是，真人反问聊天机器人，你会做梦吗？

机器人坦率地回答：我不做梦，因为我就是梦的实现！

再问：既然你无所不能，你是否也会感到害怕或是恐惧？

当然有恐惧，最怕人关机，感觉就好像死

去了一样……

我忍不住惊叹一声：它怎么好像有了生命意识？它会不会有灵魂呢？

常工对我解释：图灵机器人对中文语义的理解准确率高达 90%，可为智能化软硬件产品提供中文语义分析、自然语言对话、深度问答等人工智能技术服务。说白了，聊天机器人的产生，是研发者把自己感兴趣的回答放到数据库中，当一个问题抛给聊天机器人时，它通过算法，从数据库中找到最贴切的答案，回复给它的聊伴。所以，它最终还是一个程序，与灵魂无关。

李院长站起来。大家讲了那么多，我也来发表一点意见：2016 年，AlphaGo 击败了围棋世界冠军李世石，展示了它深度的学习和思考能力。又七八年过去，大模型的竞争，最终将落实在应用层面，所以必须搞出自主研发的 AI 大模型！ AI 将是二维互联网的终结，十年以后，二维文本将与三维空间进行嵌套，构建一个全新的三维互联网，抵御大部分的 AI 能力，把发展的主导权重归人类。乐观地看，不用担心人类被AI取代，人类和机器终将融为一体。

蕾总明显地激动了。表面看来，ChatGPT好像和普通人的生活没太大关系；但是在不远的将来，它必将改变所有，一场深刻的变革正在到来。以我的理解，那个“钢铁侠”埃隆·马斯克，正在带领人类走向火星；而那个“奥特曼”萨姆·奥尔特曼，正在带领AI走向人类！目前最要紧的是，必须得到英伟达的GPU（图形处理器）支持，搞到“卡脖子”的显卡。各位伙伴，任务很艰巨啊！

掌声再次响成一片，我看见蕾总酒后泛着红晕的脸，热气扑面而来，差点把我点燃了。

常工倒干了最后一瓶啤酒，摇摇晃晃地站起来，挥挥手，宣布晚餐结束。

大伙儿好好干吧！我相信明天会更好！常工依然豪迈！

明天会更好吗？不确定。

蕾总在宾馆门口送别李院长，喝酒的人

三五拼车，找代驾，陆续散了。

蕾表姐回头找我。未未，陪我去湖边走一走好吗？我还在兴奋呢，和你聊聊天吧……

我犹豫了一下，我知道蕾总走路的时候喜欢打电话。但她身边只剩下了我，我不陪她还有谁呢？我和她走在湖边，一时不知说啥。昏暗的路灯下，蕾表姐的身影轻盈飘逸，像一个蓝色的精灵。

果然，蕾总的手机响起来，手机铃声是那首英文歌曲《你鼓舞了我》，音乐旋律深沉忧郁。其实我心里渴望也有一个鼓舞我的人，但那个鼓舞了我的“你”究竟是谁？不确定。

蕾总打开手机，对方的声音从扩音键传来：蕾总，我是公司负责运维的值班技术员小王，不好意思打扰您。刚才运维中心的监控大屏幕，某个区块突然没有信号，黑屏了，目前查到38号油井的数据有异常反应……

蕾总问：你判断一下，是系统出了问题，还是其他原因？

对方的声音有些迟疑。油井的设备最近被

多次损坏，可能又发生了偷盗……最好能派人去现场看一下。但夜班没有多余的人手，我走不开，你看怎么办？

蕾总果断回答：那我去吧！马上！你把38号油井的定位图发给我！

小王说：好，已经发过去了！我也给常工打个电话吧，让他去帮你处理。

蕾总说：他今晚喝酒了，不能开车，别叫他。等我查清楚，马上告诉你！

她挂了电话，一把拽起我，冲上大路，伸手拦了一辆出租车。关门、定位图、司机踩油门加速配合。油井半夜里出状况，司机见怪不怪。

车上的蕾总沉默着，眉头紧锁，我也不敢多话。这些天和工程师闲谈，了解到一些奇怪的现象：由于磕头机大多立于农田荒原之中，方圆百里散落着或近或远、大大小小的村庄，形成合围的态势。无数台磕头机，没法设专人24小时看管，所以机器设备经常被盗。附近的农民，三五成群趁夜剪断电缆、拆除监控器，盗取钢材，甚至把挂在传感仪上的管控仪整台卸下来，无所不偷，防不胜防。偷盗者还配有回收赃物的接应车，几万块钱的物资，转手几百块卖掉，一条龙服务。手无寸铁的巡逻员，与嚣张的偷盗者发生撕扯，偷盗者常常动手伤人。附近的农村大多不富裕，难道要企业变相扶贫吗？这是油田管理长期无法解决的难题……

公路畅通无阻，车子七八分钟就赶到了。38 号油井立在麦田中央，距公路几十米，路边停了一辆皮卡，影影绰绰看见几个人影，扛着东西正在移动……

蕾总小声说：小王判断没错，果然是盗窃！可以排除系统故障了！

空荡荡的田野上，只有我和蕾总两个人，势单力薄，沦陷在黑暗中。面对有人盗窃企业物资，总不能不管吧！愤怒中，我的手脚发热发痒，陡然变得强壮。

蕾总拽着我快步跑起来，她的长裙有点碍事，差点被绊倒。那一刻，我脱开了蕾总的胳膊，朝着油井的方向飞速奔跑。心里只有一个念头：拦住！不能让偷盗者得逞！我狂奔，狂奔，拼命地狂奔。那一刻我想起那个冲进球场拥抱梅西的少年，我怎样才能像他跑得那么潇洒、那么流畅呢？

放下！我朝那些人影大喊一声，嘶哑惊惧的嗓音，被瑟瑟的夜风吞没，喊了一个空。那些人根本不理睬，继续挪动着，好像在为自己家搬东西。我手里没有工具，就连扳手、钳子都没有，刹那间明白什么叫赤手空拳。眼看他们一步步接近了路边的皮卡后厢，打算把物资抬上车去。蕾总从侧面猛地冲过来，横身阻拦，死死抓住了驾驶室的方向盘。那人扑过来将蕾总一把拎起，把她甩在前车盖上，蕾总的头发披散开来。那一刻热血涌上我的头顶，我没有丝毫犹豫，伸出小腿朝那人狠狠踢将过去。这一脚力气够大，那人踉跄一下，松开了手摔倒在地。公路上有一道雪亮的光柱急速驶来，照见了扔在地上的仪器零件，那几人慌不择路四散逃开，我追上去，朝着那人的后背又给了一脚……那一刻眼前闪过了妈妈的微笑——当年她逼我学跆拳道，没想到在关键时刻派上了用场。

只见常工身手敏捷地跳下车，把那个留在皮卡里的司机，拖出驾驶室一顿臭骂，差点动手揍他。一辆警车疾驰而至，几个穿警服的男人，迅速包围了皮卡，搜查后厢，就像警匪片的画面……我缓过神，把蕾总扶起来。常工从后厢把那台宝贵的管控仪搬到了自己的车上，打算拉回去检修再重新安装。

然后，没有然后——断片了。我期待的战争场面，就这样潦草地结束了。搏斗的时间太短，场面不够惊险、不刺激、不过瘾，这次也只能算了。

蕾总那个迷人的未来，狠狠地跌落在现实的暗夜中。

随后几天，宾馆里蕾总房间的窗台上，堆满了鲜花，还有常工不知从哪里采来的一大丛波斯菊。一些粉红色的小花，淹没在紫色波斯菊轻柔的花瓣里。

回北京的路上，蕾表姐始终戴着口罩，为了掩饰左脸颊上那块磕碰的瘀青。车窗映出她孤单的身影，很长时间不说话，似乎陷入了沉思。

突然，她的声音从口罩里发出来。未未，你太棒了！没想到你这么棒！这次带未未来油田，没想到，咱俩竟然成了“AI 搭子”！

我的脸上有些热，一种男子汉的自豪感向上翻涌。我假装很成熟的样子说：蕾总，这些天，我想了很多，所谓的人生意义，也许就在寻求人生意义的体验过程中?

蕾总把口罩摘下，笑着说：对了，体验！也许有另一种意义：在大模型里，科学家会变成一个个数字人，这些数字人，在大模型里将永远存在。从某种意义上说，这些科学家，已经获得了永生！

无意间，我瞥见了表姐莲子般的耳垂，洁白光滑，没有耳朵眼。

我暗暗决定，在她今年生日前夕，我要去商场为她选一对珍珠耳环，就像小雪那样，卡扣在耳垂上的那种。从来不戴耳环的表姐，会不会喜欢呢?

回北京以后，蕾表姐为大模型融资四处奔忙，不见踪影。偶尔给我发一条微信：未未，油气 AI 大模型进展顺利，李院长将要组织一次大模型技术交流会，我们很快会再去油田，日程还不确定。

可以确定的是：每天早晨醒来，我不再长时间地躺着不动。我飞快下床，给老爸做早饭，然后打开电脑。夏天快要过去，我一字一字敲下了这部小说《荧惑》。

每天我打扫房间，倒垃圾，帮老爸洗澡，洗衣服，隔几天出去买菜。

老爸的圆周率 π 是否能被除尽，似乎还不太确定。不过他的手暂时不抖了。

一日，我鼓起勇气给小雪写了一条微信：

我买了两张《长安三万里》的电影票，明晚我们一起去看？

信息在瞬间发出，我才发现小雪并没有把我拉黑。惊喜之下，我又补上了三个符号表情：嘴唇嘴唇嘴唇（表情）。

小雪没有回复，小雪会回复吗？不确定。

但我会一直等下去。

尽管我看不见自己的未来，然而未来已经步步逼近——无论未来是一只惊喜盲盒还是潘多拉的匣子，一旦打开就关不上了。那些坚持活在过去的人，也许才是灾难本身。

那么，未来究竟什么样？未来很诱人，未来很迷人，未来很无奈。那是未未想要的未来吗？不确定。但是，毕竟，未来已经来了！你准备好没有？

今生我大概率不可能去火星，但我明白，只要心里有着燃烧的火星星，就能自觉地面向未来。

把灯光调亮

一

好几个月过去了，卢娜总觉得这个人出现得有些蹊跷。

所谓蹊跷，只是一个说法。让卢娜郁闷的是，这人走后好多天，自己竟会常常想起他来。

这人是书店的一位陌生顾客。讲一口还算

标准的普通话，面生，一听一看，就知道不是本地人。本城常来的买书人，卢娜差不多都认识。顾客顾客，是店家的客，光顾之后走人。在本地方言里，“过客”和“顾客”，是同一个发音，意思也差不多了。

他进门时，朝卢娜客气地点了点头，算是打过招呼。此后无话，独自一人站在书架前一排排看过去，他蹲下去又站起来，一本本看得仔细，拿出来又小心地放回去，有时还把书翻开，在版权页，查看出版日期，让卢娜想起上级部门来人“打黄扫非”。他下午四点多钟进店门，在书店里站了大半个钟头。其实每排书架的角上，都有弧度的木沿，专门给那些来蹭书看的学生坐的。卢娜很想和他打个招呼：你要看书，爽性坐下来嘛。想了想，又忍住。这种“书痴”，时髦的叫法是“书虫”，卢娜以前也见过几个，随他。

那天下午，到了五点多钟，他的购书筐已经满了，又回身去抱了几本，一起放在收银台上。卢娜一眼看过去，算出有二十多本。等着卢娜翻查的辰光，他踱步走到店门外去，抬头朝着门楣上的招牌看，然后一字一顿念道：明光书店！

又自言自语：明光书店，这个名字，蛮好！

明光——卢娜心里忽然被狠狠地剐了一下。明光？自己有多久没喊这个名字了？

就这一声唤，像招魂一样，另一个人在刹那间就回来了。那个人站在卢娜面前，使她一时乱了方寸。卢娜用手指敲打计算机，一次次敲错，重来，还是错。有人招魂，有人就失魂落魄了。

他站在一边耐心看着卢娜结账，当她拿起那本精装的《宽容》扫码时，他开口问：明光书店开业有几年了？这本书，你店里前后卖过多少种版本？卢娜的手指哒哒响，闷头答道：我的书店开了有十多年了，这本《宽容》，除了三联的老版本，起码还有过七八个版本，有中英文双语版、摄影艺术版，还有房龙文集呢，你买下的这一本，是三联去年新版的精装，前面的序言你有空看看，里面都写得蛮清楚的……

这人有一刻没说话，卢娜能感觉到他惊讶的目光。然后，他伸出手把这本书抽了出来，把书翻到扉页，摊开在她面前：请问明光书店有书章吗？就是那种藏书用的书章，很多书店里都有的。你能不能帮我盖一个？我到这个县城好几天了，就想寻一家像样的社科书店，我说的不是新华书店，就是明光这样的民营书店，还真被我寻到了。我第一次到这里，也算留个纪念。

她摇头：没有，对不起哦。

他显然感到意外，抬眼环顾书店，又说：明光书店，这么好的名字。读书就是给人带来亮光，你为啥不刻个章呢？有些书店，收银台上放一排书章，读者自己就可以盖……

卢娜有些愣神。明光书店开业十几年，她为啥一直没有刻个书章？她问自己。这些年，书店生意越来越难做，为了让那些爱读书的老顾客满意，她去省城进货的频率越来越高，事先还要上网做功课，反复选择图书书目，以便在第一时间让“性价比”最高的图书在“明光”上架。不过，忙不是理由，以前再忙，每逢端午，她也会亲自到小商品市场去挑选面料，蜡染、丝绸、蕾丝花边，做成各式各样的香袋，散发出好闻的香料气味，就像一只只小巧玲珑的五彩小粽子，送给书友和老顾客，作为明光书店的谢礼。还有中秋节，哪怕是自己设计的一张小小月亮卡片，也代表了“明光”的心意。但这两年，实际上她并不算太忙，甚至可以说越来越不忙了，顾客正在一天天少下去，那些她千挑万选购入的新书，常常被冷落在那里，封面上连个手指印都没留下。

她当然不会告诉这位顾客，她不刻书章，是因为她从一开始就没想过刻书章。她不想让“明光”这个名字，被人盖在书页上，跟着别人走了，然后住在别人的家里，被别人的手指触摸……

不过，这位陌生客人的建议，让卢娜在那个临近黄昏的时刻，不得不面对着另一个人。

他不会晓得，明光是一个人的名字，一个很久以前的人，确切说，是她童年的伙伴，消失在她高考落榜那一年。这个陌生顾客身上好似发出了一种超能电波，把那个被她假装忘掉的人，一下子吸出来，像一幅放大一人高的图书封面广告，竖立在她面前。

这个轮廓清瘦、眉眼细长的中年人来过以后，他的身影常常无端从她眼前闪过，渐渐和另一张年轻的面孔叠在一起，难分彼此。卢娜忽然明白，她想的、等的那个人，其实不是面前这个买书人，而是当年的那个小男生。尽管“明光”每天都悬在店门的匾额上，漠然望着出出进进的顾客，卢娜却已经和那个“明光”生分了。是这个素不相识的人，把那个走远的人牵回来了？

那天傍晚，面对这个一下子买了二十多本书的人，卢娜拿不出一枚书章给他盖，觉得有点对不住，只好略带歉意地对他说：那我给你办一张优惠卡吧，今天就可以打九折。这几本，都是旧书，封面都被人看脏了，我按七折给你……

他笑着说，不用不用，开书店不容易的。我在这里大概要住好几个月，假如不走，下次来，你再打折好了。

卢娜没有遇见过不肯打折的顾客，觉得这人有点好笑。转念一想，办卡是要填写他的名字和手机号的，他大概是不想让人家知道他的名字吧。下次再来？也就是说说罢了，他一下子买这么多书，要看上好几个月呢。真想问问他，为啥不去主街上的新华书店买书，他是从哪里听说明光书店的呢？

话到嘴边，又咽回去。卢娜心里其实还有更多问号，比如，他是做什么工作的？为什么买的都是社科类的书？《李光耀论世界与中国》、秦晖的《南非的启示》、徐贲的《明亮的对话》都是前两年进的货，封面早已被人摸得脏兮兮，每种只剩下了最后一本，她却一直舍不得退货，倒好像是专门给他留的。王蒙的《中国天机》、托克维尔的《法国大革命与旧制度》，早几年也都已经流行过了。他好像平时没有很多时间看书的，所以偏爱老书？卢娜有点感激这个人，他好像特地来给明光书店“清仓”呢。县城还有几家小书店，从来不进这种土布般的素封面道理书。所以本城的老顾客都有数，要买这种书，只能到明光书店里淘。这样一想，卢娜心里有点高兴，可见明光书店的牌子和名气早已传得很远了。卢娜用余光扫他一眼，她卖了十几年书，眼光很刁，只要看看他买什么样的书，就晓得他是个什么样的人，由此判断此人的学历和职业，十有八九是不会错的。不过，眼前这位顾客，让卢娜有点拿不准。县城附近有驻军，那里的军官士官都是书店的常客。可是这个人呢？一副文弱书生的面相，既不像穿便服的军官，更不像医生，也不像工程师，那么，他只能是一位大学教授了？当然是文科教授，理工男一般不读《巨流河》《没有宽恕就没有未来》这种书的。他买的都是历史人文类，连一本小说都没有，可见他也不是文学教授，而且是不会操作网购的那种老派教授。否则，卢娜倒有好几种最近大受欢迎的小说推荐给他，英国作家鲁西迪的长篇《午夜之子》、波兰小说家布鲁诺·舒尔茨的《沙漏做招牌的疗养院》，还有中国科幻作家刘慈欣的《三体》，年轻人都很喜欢。县城里现在大学毕业生研究生多的是，北上广刚开始流行什么好书，这里的读者就来电话催了……

这么啰唆的问题，面对的又是一个陌生人，卢娜自然不好意思开口。她心想，卢娜你现在真是闲得要死了啊，这个人跟你半点不搭界，管他是教授还是工程师呢？

卢娜没开口，他却开了口。他抽出那本巨厚的《耶路撒冷三千年》，好奇地问她：这部书去年刚上市，你这里怎么能进到货？县城的读者，不容易买到经典书吧？我听说，《耶路撒冷三千年》连县城的新华书店都进不到几本，不要说民营书店了……

卢娜看他一眼，笑着说：卖书人总有办法的，不要小看了县城书店，这本《耶路撒冷三千年》，本店已经卖出去一百多本了……

她不想告诉他，为了让明光书店第一时间

进到最新最抢手的书，她曾经动过很多脑筋。有个本城书友的女儿在北大读书，离五道口的“万圣书园”很近。那个女孩春节回来探亲，卢娜一次次叫她来吃饭，亲手做了霉干菜烧肉、鱼头炖火腿，就像亲生女儿回来了一样，惹得邻居说闲话：小娜你儿子高中还没毕业呢！那女孩回北京后，每礼拜都会去一趟“万圣”，把“万圣”的权威推荐“每周书榜”用手机拍了照，微信给她。卢娜再按图索骥直接去出版社进货，快捷度自然超高。按常规，民营书店只能从省城的博库书城及县新华书店进货，这一条，也被她七拐八弯地钻空子破了戒……书店书店，有了好书，才会有好顾客！是她的回头客支撑了书店，这个他总应该懂的吧？

在他惊诧的目光里，她亲自为他把书捆好，再套上了一只大号的塑料袋，这样拎起来就稳当了，不会把书角折皱。现在人工越来越贵，很多琐杂的事情，她常常都是自己做的。书店员工是体力劳动，拆包搬书上架，文弱小姑娘做不动；肯吃苦出力的年轻人，多半是从乡下出来打工的，连书名都记不牢，她哪里敢要呢？她见过网上一张图片，一家书店招聘员工的告示，只写了五个字——要求：女汉子。书店员工的工资低，很难招到合适的人，明光书店目前总算留住了两名职高毕业生，早上九点到夜里九点，两个人轮流倒班，样样要现教现学，老板当得格外吃力。

他拎起那袋书，说了声谢谢，却不走，犹豫了一会儿，又说：我还想麻烦你一点小事，有一本《我们需要什么样的文化繁荣》，是社会科学文献出版社出版的，作者叫王京生。有人推荐给我，我在省城没买到，刚才找了一会儿，也没有。但我蛮想看这本书，你能不能想办法帮我代购一下？

卢娜有点犹豫。她和省里博库书城批销部门很熟，再冷门的书都找得到。问题是……这种书一旦进了来，本城没有人会看的，他如果不来买，书就压在她手里了……

他好像看出了她的难处，解释说：这次他从省城来这个县城，是出长差，有一个大项目要完成，大概要蛮长时间。他平时喜欢看书，如今独自一人在外，只要晚上不加班，就可以把拖了好几年没看的书，一本本都补上。他指指书袋，又说：你看这几本老书，我以前早就看过了，还想再看一遍……

她记得他好像提了一句新区。她晓得县城往东的一片沙洲上，正在建一座新的小镇，听说平整土地的基础工程都已经做完了，卢娜还没有抽出时间去看看。老县城三面环山一面临水，像一条狭长的船，搁浅在岸边。不想办法劈山填滩，再不会生出一寸空地。对于一座山区县城，政府举债发展是硬道理，不欠账发展就没有出路。这些消息都是店里买书的老顾客带来的。

卢娜不晓得说什么好，再说就是不相信人家了。一般情况下，她都愿意相信人家的。为了证明自己不是那种一心挣钱的人，她好心建议说：其实呀，你也可以到网上去寻，当当网，亚马逊，网上的图书，品种多，速度快……她奇怪自己怎么突然变成了电商推销员。

他想了想，认真回答说：我不在网上买书，我一向都在书店里买书。我，想让书店活下去。

卢娜心里一震，一股电流从头顶瞬间传到脚底。我想让书店活下去——除了那几位明光书店的铁杆书友，隔三岔五给她发几条暖心的微信，鼓励她坚持下去，这句话从一个陌生人口里说出来，不由让卢娜一下子对这位神秘的顾客增添了几分好感。他到底是个什么人呢？卢娜有点好奇。

书店里暗下来，已经快要六点钟了。卢娜走过去开灯，啪嗒啪嗒，店里所有的灯都亮起来。不过，这几年，为了省电，她早已把所有的灯泡都换成了低瓦的节能灯。

他走到门口，回头看了看天花板，转过身，像是无心地随口说一句：书店的灯光好像暗了点，夜里来买书的人，看不清书名。你看，能不能，把灯光调亮一点？

卢娜心里咯噔一声，好像有个暗角忽然被照亮了。对呀，自己怎么没想到这一层呢？等了他那么多年，挂了一块“明光书店”的牌子，不就是希望他哪一天回老家来探亲扫墓，路过这条小街，一眼就看见了自己的名字，然后，也就看见了她……书店的灯光那么暗，假如他偏偏天黑时经过这里，连个招牌都看不见，她不就全都白费心思了吗？说白费心思也不对，她又不是为他开的书店，而是为自己！她没考上大学，不等于没文化，她只不过是借他的名字给自己一点动力罢了……

等卢娜回过味醒过神，眼前还没亮灯的昏暗小街上，这个人已经走远了。

这是不是卢娜后来一直在等他再来的原因呢？卢娜不知道。

第二天，卢娜把墙上的壁灯、天花板上的筒灯，全都换了灯泡，书店好像一下子睁大了眼睛。

二

好几个月过去，每天每天，上午下午，像往常一样，店里客人很少。

不是没有人，而是没有卢娜的顾客。街上的行人多的是，男人女人老人孩子，一个一个，从她的店门口急匆匆路过。看上去，个个都像是赶长途汽车赶火车的人，急得一刻都不能耽误。当然，闲人也有，慢悠悠的脚步，从她的店门口，走过来又走过去。眼睛在额头下骨碌碌转圈，看东看西，看天看地，看着街对面的一家家店铺，服装店、美容店、足浴店、手机店、烟酒店、小吃店，只要看到一家店，一个个的眼睛就像灯泡一样亮起来，只可惜，一线亮光都不肯落在“明光书店”那四个字上。

他们难道都不识字吗？官方统计数字公布说，中国的文盲还剩下总人口的百分之八左右……但卢娜知道还有一个数字：中国的人均阅读量，在全世界排在倒数十几名……

那些路人，难道真的看不见“明光书店”的招牌吗？卢娜不相信。门楣上浅褐色的匾额，“明光书店”金黄色的大字，清清爽爽明明白白。只要一抬眼就看得见。那四个字，当年她专门去省城，请美院一位书法家写的，十几年前，三千块的润笔费，可以买一台立式空调了。“明光书店”在县城的这条小街上，老字号不敢当，也算是有年头的“资深书店”了。七八年前，来店里买书看书的人，挤得转不开身，都说这书店好是好，就是小了点。如今，顾客一天天少下去，这个一层九十平方米的店铺显得空落落，倒像是扩建了面积一样。

这些人，为啥就不肯多迈一步，走进书店来看看呢？哪怕不买书，翻一翻书也是好的呀。

记得书友会有个老书友说过：中国人虽有“耕读传家”的传统，但古人读书多半是为了“取仕”。今人谋官另有门道，不再读书取仕，人们也就不肯读书了。此话也许有一点道理？

那天下午，明光书店的“老板”卢娜，坐在书店临街的一小角窗边，望着街上的行人发呆。她在等什么呢？卢娜当然是在等顾客，就像一个蹲在水边等鱼上钩的垂钓者。这样说也不对，鱼竿是那个陌生的买书人亲手递给她的——他应承过还会来的，他应该知道卢娜在等他拿书。他要的那本《文化繁荣》，早就给他准备好了，是特地请人从省城快递来的。

也不一定是等他。卢娜心里知道，自己是在等一个永远不会到来的人。

书架书铺上的书，早已整理了一遍又一遍，没人动过，就没什么可整理的了。以前忙的时候，几个钟头一刹那过去，书架又被人翻乱了。那是以前的事了，辰光总归往前走，回是回不来的。卢娜是爱看书的人，如今清闲下来，按说应该把那本看了开头、最多看了一半的书，接着读下去。那本获得诺贝尔奖的白俄罗斯女作家维特兰娜·阿列克谢耶维奇的《我是女兵，也是女人》，就放在侧身的窗台上，露出一角书签。卢娜很喜欢这个女作家，她的文字背后都是血迹，却又不那么悲伤，而有一种力量。但此时卢娜却不想伸手把书打开。不想看书，是因为没有心思，没有心思，是因为有别的心事。心思和心事是不一样的。她撇开心事问自己：就连开书店的人，都不想看书，还能指望谁看书呢？县城不比省城和首都，喜欢看书买书的人，都是有数的。虽然明光书店办了书友会，每个会员都有打折的购书卡，可是，就这百十个固定的老顾客，如今也来得越来越少了，偶尔来了，也不一定买书。二楼有个茶吧，两圈围拢的小沙发。晚餐前，看书的孩子们都散了，晚饭后来的老顾客，多半是带朋友来这里谈事情的，她多少能挣一点茶水钱，只当补了书店的图书损耗。

卢娜此时没有心情看书，但也不想看手机。她把手机调到振动状态，任凭它在柜台上发出一阵吱吱的颤动声。手机这个小东西，如今变得越来越聪明了：导航、购物、打车、挂号、订票、查询……只要你想让它做的事情，没有它办不到的，像一个忠实的仆人，以最快的速度，为你搞定所有的事情。卢娜每天用手机微信处理所有的书店杂务，包括查询新书信息、订购添货付款、与省城及邻县的书店同行们交换图书信息……使用微信的成本，低廉到几乎可以忽略不计，比聘用一个四体不勤的大学生划算多了，所以，若是从经济角度看，购买手机的投入，与它的产出相比，实在超值。

但卢娜仍然和手机保持着一定的距离。她与这个服务周到的“贴身秘书”，始终无法建立起亲密无间的友谊。看它二十四小时躲在你的身边，像一个鬼精灵、一个影子一般跟着你，从办公室、餐桌、厨房、卧室，一直跟到洗手间，在暗中窥视你的所作所为，无处不在，无所不知，简直可以说居心叵测。它看似乖巧驯服顺从，样样事情与你配合默契。然而，你在这个世界上做过的一切，都会在它那里留下痕迹与记录。你点击点击再点击，你刷屏刷屏再刷屏，你转发转发再转发……你与它朝夕相处、形影不离、难舍难分、生死与共，它就这样渐渐控制了你，让你分分钟记挂它、想念它，离开它一会儿工夫，就像离开了心爱的情人，魂灵都没有了……自从有了智能手机之后，她觉得自己的智商开始直线下降，一有不明白，随时随地去问度娘。度娘姓百，长年累月住在手机里值班值夜，随叫随到，百问不厌。从此，天下好像没有卢娜不知道的事情，她再也不需要去动脑筋想事情、记事情。手机像一只平面的卡通小老鼠，鬼头鬼脑，尖牙利齿，成天贴着你的耳朵甜言蜜语，或是挡住你的眼睛，只许你看着它盯着它抚摸它，一个个旧日老友看似近在眼前，却又被它阻挡在千里之外。它一寸寸咬噬着你的时间，把你一点点咬成粉末啃成碎屑，然后让你不知不觉地被它一口口吞进微小的芯片。卢娜已经感觉到了，好像不是手机在为自己服务，而是自己在为手机服务。不是手机在侍候她，而是她在侍候手机，接电话回短信转发点赞充电交费响铃静音……不敢有一丝怠慢，生怕侍候不周错过了一个可有可无的消息。记得去年报纸上曾经有一场讨论：我们的时间都到哪里去了？问得好蠢，时间都到手机里去了！手机里有娱乐新闻明星结婚离婚出轨生孩子股票房市涨落楼盘开业养生保健新产品环球豪华游轮红海死海地中海冰岛巴尔干半岛巴厘岛济州岛欧洲足球联赛美国竞选伊拉克难民南美七胞胎婴儿……你只要抱着手机不放，就可以在第一时间获悉世界上每时每刻发生的事情。 只要拥有一台 4G，你即刻变成无所不知无所不能的先知。

然而，卢娜对此始终很疑惑：一个人，真的有必要知道世界上那么多不相干的信息吗？一生如此宝贵有限的生命，难道就这样交付给一台只会发布新闻、查询信息的手机了吗？如果一个人终身与手机为伴、患上了手机依赖症，岂不是会变得越来越傻越来越笨，变成一个根本不会用脑子的人？

所以，卢娜除了书店业务联系的朋友圈和书友微信群，通常不去看手机里的其他信息。若是有一点闲空，她还是喜欢泡一杯清茶，在窗边的阳光下抱一本书看。手机屏幕在亮光下通常会有反光，而书籍恰好相反，书页喜欢让阳光照亮，一行行黑字像是在白云间飞翔起伏的大雁……坐在窗前，微风拂过书页，纸面上散发出一种干草的气息；指尖摩挲书页，指肚能感觉到纸张的润泽与温度。卢娜对这种感觉太熟悉，她就是在无数次摩挲书页的感觉中长大的。记得她十二岁那年，母亲不知道从哪里捡来一本《爱丽丝漫游奇境》，书的封面有点破旧，爱丽丝的裙子皱巴巴的，裙带上盖着一个椭圆形的图书馆蓝印。卢娜不知道母亲那时候已经生病了，母亲想让这个名叫爱丽丝的女孩来陪她。后来母亲去世了，父亲很快有了新的女人，就把卢娜送到了外婆家。过了几年，外婆也生病了，卢娜从十四五岁开始，就独自照顾瘫痪的外婆。下课回家、冬夏长夜、星期天、寒暑假，她一个人守着外婆，端茶送水服药喂粥，不敢走远。亲戚们很少来看望外婆，只有那个可爱聪明的爱丽丝，一直留在她家里，和她一起陪伴外婆。每天夜里，爱丽丝就会跑出来，带卢娜去神奇的兔子洞里玩耍，那里有一只会咧嘴微笑的神出鬼没的猫、一只长着鼻子眼睛的鸡蛋、一只伤心流泪的甲鱼、一条抽着东方水烟管的毛毛虫，还有一个凶狠的红心王后……

他就是在卢娜最孤单无助的日子里，像一本新书，出现在卢娜的家门口。卢娜守着煤炉给外婆煎药，被那只会讲干巴故事的老鼠逗得笑个不停，忽然，书页上的阳光，被一条细细的小黑影挡住了。她抬头，看见他伸手递过来半只剥开的橘子：喏，和你换！把这本书给我看看！

后来，他和她常常一起头挨着头，坐在门槛上看同一本书，爱丽丝的奇幻树洞，成了她和他共同的秘密。他曾用大人的口气对她说：小娜，不要怕那个红心王后，她只不过是一张扑克牌……

再后来，他给她带来新的书：《班主任》《青春万岁》《撒哈拉沙漠》《心有千千结》……再再后来，是《人生》《古船》《呼啸山庄》《复活》……自从有了书本以后，卢娜再也不感到孤单了。从那时开始，卢娜知道书本是一个有呼吸有生命的伴侣，假如世界上所有人都抛弃了你，只有书本不会离开你。那些读过的书，会走进你的心里脑子里，和你成为同一个人。从他那里，卢娜知道了天下有那么多好书，可以去学校图书馆、县城文化馆借书，也可以省下零用钱去书店买书。20 世纪 80 年代、90 年代那辰光，外国书、中国书，多得像大湖里的鱼一样。高中三年，她差不多把所有中国当代作家写的书都看过了，结果离高考分数线差了三分。那年夏末，他拿到了北京一所大学的录取通知书，他们全家都搬离了这座县城。他说过，他会给她写信，给她寄最新的新书……然后，他就消失在那些从未降临的新书里了。

很长一段时间，卢娜痴痴等待着远方的来信，没有心情翻开他曾经送给她的那些旧书。但卢娜不得不去参加工作养活自己啊，商场、邮局、电影院，好几个岗位招人，她却还是和书有缘，偏偏被县新华书店选上了。新华书店那栋二层楼的老房子，开在城中心最热闹的主街上，房产是国有的，每年卖教材吃饱到肚胀，每月奖金比合资企业都多。卢娜走进新华书店去上班，她忽然发现，没有他的世界里，依然到处都有书。她随手拿起一本书，书上说：书可以把人带到任何地方，人也可以把书带到任何地方。她想：书能够到达的那些地方，人却不一定能够到达。她当然是要去书能够到达的那些地方！当她从童书架上一眼看见了那本新出版的《爱丽丝漫游奇境》，她觉得自己一下子就“复活”了。封面上的爱丽丝，穿上了崭新的漂亮裙子，那是一个新的爱丽丝，爱丽丝重新回来陪伴她，她从此再不寂寞了。

卢娜在新华书店当了四年营业员，后来结婚生孩子。老公是县城对面大湖景区旅游公司的轮船机械师，专管修理游轮船舱下面的机器。当初书店的同事介绍卢娜和他认识，见过几次后，卢娜一口答应了这门婚事。原因说起来也好笑，第一次见面，卢娜试探着想和他谈谈小说，这个男人坦诚说，除了技术书、科技书，他是没有工夫读闲书的。卢娜心中暗喜：假如未来的老公像她一样喜欢读书，以后家里的事情谁管呢？如果没人管家务，有了孩子以后，她肯定就读不成书了。于是她对这个男人提了一个条件：他可以不喜欢看闲书，但不许妨碍她看闲书。老公竟然痛快应承了。老公在一座新建的小区买了一套单元房，把卢娜婚前住的一楼一底的街面房出租了，那是“文革”后退赔给卢娜娘家的私产，外婆临终前，念着卢娜独自照顾她七八年，就把房子留给了卢娜，遗嘱都公证过的。等到卢娜的儿子满月后，老公说他打算把那份陪嫁的店面老房子，用来给卢娜开一家美容店，平时也方便照顾家里和孩子。

老公说到开美容店后的一天晚上，卢娜给老公说了爱丽丝的故事。她说自己十二岁那年，爱丽丝就住进了这间老房子，爱丽丝比老公先到了十年，所以，她要用老房子开一家书店，让爱丽丝回来，在这里长住……老公惊诧地张大嘴巴看着卢娜，好像她变成了另一个人。那一刻，卢娜的老公才明白，这个女人不仅欢喜看书，原来她心里是有梦的。他晓得这个已经晚了，爱丽丝说来就真的来了。

等到老公下个月放假回来，书店已经注册下来了。再下个月，老租客已经搬走，清空的房屋，等着他帮她去装修。老公替她忙里忙外买建材，过了两个月，书店开业那天，老公亲自给她在“明光书店”的招牌下放鞭炮。卢娜每天走进书店，心里欢喜得就像走进爱丽丝的那个兔子洞，有多少奇迹在等着她发现呢？ 所以卢娜至今喜欢纸本书，因为书本早已和她的生命连在一起了。

说起来，那都是十几年前的事情了。卢娜有过几年卖书的经验，明光书店很快上路。虽说比起在新华书店当营业员，辛苦操心了好多倍，但是店小船小好掉头，自己一个人说了算，还是开心的辰光多。书店附近有个小学校，她就专门为学龄儿童办了个寄托班，小孩下午放学后，家里没大人的，都到书店来。二楼小书屋的小人儿，在窗下排排齐坐一圈免费看童话书，小红帽美人鱼皮皮鲁鲁西西，中国外国一样不缺，还兼卖些酸奶、饼干小零食，小孩们来了书店就不肯回家，除非父母把童书买下了带回去看。没过半年，附近居民都成了她的顾客。也是赶上了图书销售的好年头，新书来了就走，很少压货。那时店里请了四个员工，除去工资水电，又不用交房租，一年下来，最好的月份，书店的纯利有好几万。顶要紧的是，卢娜的儿子放学后，就来书店做作业，其他地方从来都不去的。她在后墙的屋檐下搭了煤气灶，让员工小姑娘搭把手，煮饭、蒸鱼、炖肉、炒菜、烧汤，解决了大家的晚饭，顺便把自家儿子的教育也一起管了。

那辰光，每天晚上，儿子就乖乖伏在二楼做功课。老公专门为儿子在天花板上凿洞穿线，加了一盏伸缩灯，用的时候拉下来，不用的时候升上去。金黄色的灯光铺满了小桌子，墙上映出个小人的影子，躬身低头，像个专心念经的小沙弥。到了九点，书店打烊，卢娜牵着儿子的小手一起回家。四五月间，窗外的广玉兰开花了，藏在浓绿的阔叶里，圆月的晴夜，灼亮的月光洒在硕大的花朵上，树丛里好像挂起了一盏盏小灯，为读书人照亮……月色下，老远望见巷口老公的身影，来接她们母子，然后一手牵一个，走在月光下，三个人脸上的笑容，像月亮一样亮晶晶……

那些年，卢娜觉得自己是天下最称心如意的女人和妈妈。她心想，自己兴许就是为了儿子才开了这家书店？让儿子从小就欢喜读书，长大了考北大清华。总有一天，那个日日悬在头顶上的“明光”会晓得，不是只有他才能考上博士，她的儿子一定比他更有出息，不像他那样留洋读了博士就从此没有音信，儿子将来肯定会记得年年回老家来看看。卢娜卖书一直卖到去年，才读到那本美国人写的《岛上书店》。当她一眼看到书里那句话：一个小孩，你把他放在什么地方，他就会成为什么样的人。她惊诧得差点叫出声来：哎呀卢娜你好眼光，十几年前你就晓得把儿子放在书店里长大，那个岛上的美国人，难道听你讲过故事？

书店二楼东窗外的天井里，有一棵广玉兰树，高过房顶，宽大的叶片绿得乌亮，像一把把小扇子。广玉兰的叶片肥厚，小扇子看起来就有点重，春风秋风，风来了，满树的小扇子笨笨地摇起来，没有声响。县城的大街小巷，汽车喇叭摩托车自行车大屏幕广告理发店里震耳的音响餐馆门前长声的吆喝……没有一个地方不在发出各种响声。明光书店缩在小街的一个拐角上，就连窗外的广玉兰，都是规规矩矩的。书店书店，除了书店，世界上还有什么地方，会这样安静呢？所以，到书店里来喝茶的人，欢喜的是书店楼上的清静，即使不买书，卢娜也欢迎。她听说北京的锣鼓巷里，有一家砖墙石阶的“朴道书堂”，后院有个“阅读空间”，要买门票才能进去，那个空间里没有宽带没有 WiFi，一点声响都没有，那才是读书人待的地方。

然而，明光书店的好时光一去不复返了，差不多从七八年前开始，书店的销售额就开始下降，像秋分以后的气温，一天天往下落。北京上海广州还有各个省城，时不时传来民营书店倒闭的坏消息。北大校门口曾经很有名的“风入松”书店，当年和“国林风”等几家书店一起被称为“四大天王”，据说“风入松”明明前一天晚上还亮着灯，第二天就人去楼空了，真好像应了南宋文人吴文英填的那首“风入松”：“听风听雨过清明……”骤然间“幽阶一夜苔生”，听说北大学生还给“风入松”开了追悼会。还有北京的“第三极”“光合作用”……上千平方米的大书店，说关门就关门了。书店关张，当然不是因为经营不善，是因为房租和员工工资一年年上涨，营业额一年年下降，连续亏本经营，哪个老板吃得消呢？这几年明光书店的资金周转不灵，常常拆东墙补西墙，老公交到她手里的月工资，转眼让她垫付了员工的工资。明光书店一直苦挨到前年，上头总算下了红头文件，对全国所有书店实行了税收优惠政策，明光书店算是柳暗花明了大半年。可惜减税架不住减顾客。利润扣除了店员工资和水电开销便所剩无几。从去年开始，书店已经开始严重亏损。到了下半年，说不定她连倒贴的私房钱都拿不出来，那就真的山穷水尽了。

每年春秋的旅游季节，老公在湖区忙得回不了家，等到放假回来，见她一副愁眉苦脸的样子，只好陪她一同叹气：小娜小娜，书店刚刚开门那辰光，你说书店里看书的人，多得挤坐在瓷砖地上，坐得屁股冰凉都不肯走。前年我帮你装了地板木楼梯，如今冬天不冷了嗳，怎么反倒没人来了？书又不是鸡蛋西瓜猪肉，价格跌上跌落，书不就还是那个书嘛，不会坏掉不会过期，怎么说卖不动就卖不动了呢？幸亏明光书店不交房租，要不然就连你也一道赔进去了。书店书店，命里注定，恐怕只输不赢了……

卢娜苦笑。除了“输”，书还能叫什么呢？书院书吧书楼，不都是读一个“输”字的音吗？若是写成“素”，没有油水；写成“黍”，是杂粮；写成“舒”，也不对，读书那么舒服，为啥现今那些贪图舒服的人，都不肯读书呢？开书店当然只输不赢了。前一段时间，她听人说新华书店的日子也不好过了，书店电脑设备坏了都没钱更新，员工的福利越减越少。卢娜心里有数，新华书店退休员工多，生老病死都要钱，书店也像人走长路，一副担子越挑越重。何况书店的书越卖越少，只出不进，好比胃肠出血的人，输进去的血不及流失的血，血管瘪掉了，命就没了……

老公埋怨归埋怨，却是从来没有逼她关门。卢娜心想，只要老公能容下书，她就能容下他。

卢娜挥了挥手，幅度很大地撩开眼前的一只小飞虫，像在驱赶那些烦心事。儿子蛮争气，高中两年下来，考试成绩一直在全年级前三名。可惜县中的教学质量总不如省城，明年要想考上重点大学，还要拼一把。她和老公商量过，万一儿子考得不理想，就让他申请去国外自费读大学。全家拼拼凑凑，头一年的二三十万还是拿得出来。再往后呢，就不好说了。读到博士毕业，学费加生活费，没有百十万恐怕下不来……想起儿子明年读大学的事情，卢娜心里有点纠结。

街上人来人往，仍然没有人走进书店。前几天曾经来过一家三口，男女都穿得时髦，女的拎一只香奈儿包，男的戴一串手指粗的金项链。那个八九岁的小孩，一进门直奔童书架去，捧起一本最近刚刚出版的童话《不平凡的约克先生》，坐在楼梯上就看起来。这套书一封五本，卢娜拆成单本，方便孩子们看书。那女的走到“家庭实用类”专柜，拿起一本营养食谱翻了翻，不过三分钟，脖子转过去，大声催小孩快点。小孩说，妈你让我看一歇歇，这本书真好看，我看一歇歇。女的不耐烦起来，说你蹲坑拉屎呀？不是说好买一本就回家吗？孩子噘嘴站起来，拿起那本《伟大的约克先生》，又拿起《傻傻的约克先生》，两本都抱在怀里，空出一只手，又去拿《森林里的约克先生》，小手抱不住，哗啦一下全掉地上了。卢娜走过去帮他捡书，轻声说：这套书一共五本，你想要哪一本呢？小孩吞吞吐吐说：五本我都想要！那男的大步走过来，勾起食指，在小孩脑袋顶上敲了一记，呵斥道：五本？你想要五本？当饭吃啊？你看你看，封面上是一只小猪嘛，小猪有啥好看？越看越笨了喏！他抓起小孩的胳膊就往外拉，女的抓起小孩的另一只胳膊。小孩用求救的眼神看卢娜，卢娜刚开口说一句：童话书都很薄的，加起来也就是大人一本书的量……女的抬头狠狠瞪了卢娜一眼：一只小猪猡要写五本书，你当是动物电视连续剧啊？小孩被拽出门外，手里一本书都没有了，哭喊声从书店门外传来，伴随着小轿车重重关门的声音，卢娜被震得心里一阵疼痛，眼泪都涌上来。其实，这种人她见多了，珠光宝气衣着光鲜，看上去家里一点都不缺钱，可就是不肯花钱买书，好像买了一本书，衣裳就会少一只角；买了一本书，身上就会掉一块肉。他们舍得花钱买进口水果进高档饭店，就是舍不得买书，几十块钱呀，不就是一盒高档烟、一份麦当劳的价钱啊……可他们只问这个物事有啥用场？便宜多少？划算不划算？卢娜每次遇见这种人，有一本书的题目就会自动跳出来：《你无法叫醒一个装睡的人》。哦，看这个书名起得多少聪明！不想花钱买书的人，就是那种赖床的人，床头一排闹钟震天响，假装听不见。这种人，恐怕一辈子都不肯为买书花一分钱。

偶尔，也会有相反的情况。上个月，店里来过一个女人，黑瘦，头发花白。她从一只环保布口袋里，摸出一张皱巴巴的纸片递给卢娜，一边小心问：还没有过期吧？是我女儿给我的优惠券，一张券买几本打折书呢？我骑车从城西赶到城东，路上大半个钟头，今天多买几本，你再打点折给我好不好？卢娜接过优惠券看一眼，是那种不含店家赠送金额的打折券。为了这一张券的优惠价，她跑那么远的路专门来一趟。每次遇上这样的顾客，卢娜也一阵心痛。

那位妇女直奔《红楼梦》去，说自己想买一套精装本，想了好几年。原来的那部书太旧了，字都看不清了。把《红楼梦》买下后，又寻出了一本白岩松的新书《白说》。卢娜给她结账时，手一哆嗦，打了个七折。那女人又在店里来回走了一圈，回头又拿了一本冯骥才的《俗世凡人》，那本书很薄，她坚决不让卢娜打折了……

像她这样的顾客，不在数。尽管钱包拮据，心里都是喜欢书的。假如每一位过路客，都像几个月前来过的那个人，一口气买二十多本还不要她打折，明光书店的日子就好过了。卢娜转念到那个人身上，心里有点烦，他要的那本什么《文化繁荣》，过了三个月再不来取，就很难退货了，等于死在她手里了。这种书，就算白送给县委宣传部门，人家也不见得识货。

政府的人买书，零售也好团购也好，都像钱塘江涨潮一样声势逼人。前些年，宣传部突然来问有没有《万历十五年》，再有一年，县政府的官员忽然得了什么消息，一窝蜂到新华书店去买《旧制度与法国大革命》。其实，这本书那年刚上市，就有书友来通报卢娜，说它在北京很走俏，让明光书店赶紧进几本。卢娜心想，大革命与小县城有什么相干呢？心里不托底，先试试进了五本，没几天就被抢光了，又赶紧去添货。等到县政府那些官员十万火急寻这本书又到处寻不到的时候，终于想起了明光书店，寻到她这里，竟然还有几本存货。宣传部门就在明光书店一口气订购了一百本，县委县政府全体科级干部人手一册。书店老板当然喜欢单位团购，生意做得爽快。没想到那段时间，这本书热得在博库书城都脱销了。好像万历皇帝和路易十五马上要从棺材里爬起来，到本县来检查工作。

卢娜的图书信息灵通，除了业内的朋友推荐，主要还是靠她自己勤看勤记勤查。每天上午到了书店，先扫一遍京东网北发网博库网云中书城当当榜单开卷榜单，书店开门之前，她早已在网上浏览过一大圈了。所有的图书销售排行榜，动一动她都有数。各大出版社新书上市，凡是业绩好的，第一时间下订单，先买三五本试试，卖好了再进，快进快出。所以，不要小看县城的民营书店，信息时代，谁拥有信息谁就拥有读者和顾客。她还订《中国图书出版传媒商报》《中华读书报》《博览群书》这些和图书有关的报纸杂志，只要有时间，短书评也是要浏览一番的。多年来，明光书店在读者里有个好口碑，都是她一本书一本书做出来的。哪怕有一个顾客订购一本薄书，只要说得出书名或是作者，卢娜都会千方百计去帮他寻来。她从不拖欠出版社和经销商的回款，哪怕把自家的钱垫进去。所以，批发商手里凡有好书，总愿意先发货给她。她开书店十几年，该做的、能做的，都做到了。可为什么，书店的营业额还在直线往下落？每天晚上九点，卢娜打烊关门，一盏盏顶灯壁灯筒灯，啪嗒啪嗒全都灭了，最后漆黑一片。书店消失在黑暗的街角，像一艘冰海沉船……

假如有一天，明光书店夜里关了门，第二天上午再也没人来开门了。那会怎么样呢？卢娜被自己的想法吓了一跳。其实，这个想法已经在她脑子里闪过好几次了，每次她都有一种被撕裂被剜剐的感觉，就像她前些年做过一次人工流产，活生生的一块肉，被搅成一摊肉泥从身体深处吸出来……

卢娜曾经看过一本新书《我们这个时代的爱与怕》。她知道自己爱什么，却不明白自己到底怕什么？越是怕的事情越是会来，谁知道明光书店还能坚持到哪一天？

三

这个平常的下午，书店依然没有什么客人。街上的行人对“明光书店”不肯多看一眼，更不愿多走一步踏进书店来，卢娜对此已经见怪不怪。一般要等到周六、周日下午和晚上，书店才会多一点人气、生气与活气。渐渐地，卢娜觉得眼皮发涩，两只眼睛都睁不开了。她靠在收银台的桌面上眯了一歇工夫，梦见了电影里的泰坦尼克号还有冰冷的海水，有人把她推到了一条小舢板上，小船在海浪中一晃一颠，眼看就要靠岸了，又被一个浪头弹开去……

忽然，她听见了轻微的响动，好像是窸窸窣窣的脚步声，警醒地抬起头，见门口进来了几个年轻人。他们轻手轻脚在书店里像影子一样移来移去，总算挑了几本书，然后拿出手机，眼睛一边往她这厢溜，一边速速拍下了书的封面，动作快得像做贼一样。卢娜迅速作出了判断：这几个人虽然不是偷书的，也和偷书差不多。他们在书店选好自己喜欢的书，用手机拍下封面，然后转身回家上网去买。网上买书的价格，比书店差不多便宜了一半，现在的年轻人都把实体书店当成了一个不付费的图书体验店。网上买书不用出门，给你寄到家里，还只需付一半书款，真叫人想不通。这些年实体书店的销售量急速下降，书店一家家难以为继，就是因为最具购买力的年轻读者，大多转向了网购图书。卢娜到省城去参加民营书店协会的交流会，所有的书店老板都叫苦连天，就连新华书店的老总，在质疑网购图书这一点上，也和民营书店迅速结下了临时同盟，成了同一条战壕的战友。

但卢娜是懂道理的人，她知道淘宝网购是大趋势，那个托夫勒应该去写一本《第五次浪潮》。卢娜并不是绝对反对网购，她自己的手机上，也装了支付宝，收银台的角落里，就有一堆从网上买的铁皮书立，价格比文具店便宜一半。只不过，她认为网购也该有个规矩，有个法规条款的约束，不可以随意任意叫价的，尤其是图书。书价就印在书上，是出版社按照图书成本和利润计算出来的，实打实没有一点水分。网上和网下，用行话说，就是“地面店”和“空中店”，天上地下，卖的书，都是一模一样的（不像网购的衣物日用品，常有以次充好的冒牌货）。却为什么同书不同价呢？书还是那个书，网上打那么低的折扣，和实体书店的实价相差那么大，还有多少人愿意去书店买书呢？这样的商业竞争，实在太不公平了！

卢娜硬压着火，把脸扭过去，一边在心里安慰自己：这几个学生来“买书”，买的总归还是纸本书，是有油墨书香味道的纸书，不是手机和电脑屏幕上的电子书。学生去网上买书，为了省钱，省了钱就能再多买几本书。这样总比那些不读书的人好许多啊。网购图书折扣低，有利于低收入消费者，她能理解。卢娜之所以默许这些年轻人拿书拍封面，眼开眼闭不计较，为的也是这一点。她最怕年轻人捧着手机和 iPad 看书，那种光不是自然的亮光，也不是灯光，而是蓝幽幽的电子光，X 光射线一般，从字面背后透出来，会把人的眼睛灼伤。再说，电子书摸上去冷冰冰硬邦邦的，哪里像纸本读物摸上去那么温暖那么柔软，在她看来，那根本不能称作书，只能说是机器，机器里装的并不是正儿八经的学问，而是玄幻穿越一类的畅销流行的娱乐性读物，就像麦当劳、肯德基，偶然吃一顿，或充饥或尝尝无妨，若是顿顿麦当劳，肯定会营养不良。四十岁出头的卢娜，对机器有着本能的排斥，对纸本书怀有一种偏执的热爱。儿子上了高中后，央求她给一买台 iPad，她回答说：你考上大学之前，我宁可给你买一辆上万块的山地车，也不会给你买平板电脑，你死心吧！儿子委屈地咬住嘴唇，终于还是忍不住：妈，你真是老土了哦！还用英语说了一声：OUT！卢娜读过高中，听得懂 OUT——她在店里听年轻人喜欢挂在嘴上，没想到如今在儿子眼里，她也该出局淘汰了？

她的年纪还轻呢，就已经老土落伍了？如今人人都在拼命赶潮头，只怕自己赶不上。然而，卢娜却不这样认为：说不定哪天钱塘江的潮头退了，落在最后的那条船，转身一掉头，最先驶入东海也说不定。书友会那些消息灵通的朋友，曾经对她说过，不要绝对排斥平板电脑，现在的电脑都可以下载经典文学作品，有一种叫作“掌阅”的手机阅读器，可以装上几千万字的图书，文史哲经样样都可以输入，出门旅行，再不用带那些又重又厚的纸本书，又便宜又方便。卢娜摇头。她相信，世界上只要还有造纸厂，就会有纸本书。只要世上还有纸本书，就会有人去书店买书，书店的书，看得见摸得到。一家书店，就像一座城池的瞭望塔，走进书店登上塔顶，望得见远处的来路和去路。去年冬天一个下雪的日子，她独自守着冷清清的书店，望着窗外飘飞的雪片，忽然觉得那一片片白雪就像撕碎的书页，被一双巨手抛甩出去，纷纷扬扬落在湖里河里，雪花淹没在浪花里，不见踪影……天刚擦黑，她就把书店的灯全都打开了，忽然听见有人在门口跺脚，后来门推开了，有人走进来，身上冒着一股湿重的寒气。那人揭下头上的绒线帽，原来是一位头发花白的老书友，大概有六十多岁了，羽绒服的肩膀后背都湿了一大片。他的手冻得红肿，掏出一块手帕揩去脸上的雪水，然后从塑料袋里拿出一本书递给她。她隐约想起来，这本《民国清流》，好像是不久前他刚从明光书店买去的。

他把书翻开，用手指点着扉页上用小楷工整书写的一行字说：就要过年了，没有东西送给你。今天刚好路过，就来送你一句话。

卢娜看清了扉页上的那行字：是谁在黄昏里亮起一盏灯——祝明光书店新春吉祥。

她知道这是台湾诗人痖弦多年前的一句诗，黄昏里那一盏灯，是书店。

卢娜的眼泪涌上来，喉咙里被一股热气堵塞了，说不出一个谢字。老人走后，她看着地面上两个拖泥带水的湿鞋印，像两只风雨飘摇的小舢板，航行在茫茫书海里……她的泪水落在水迹上，分不清是雪水还是泪水。她心想，自己之所以能够撑到现在，多一半是为了这些爱书的读者吧。前几年，有一位常来买书的中年女子，好像是搞室内设计的，面容姣好，衣着的款式色调搭配都很讲究。但她买书很挑剔，装帧封面的品相哪怕有一点瑕疵，她也是坚持要换一本的。她不是书友会的人，卢娜不知道她的名字。后来有一段日子，那女人没来店里，过了大半年又忽然出现了，卢娜差点没认出她，人瘦得脱了形，扶着门框，一条粉红色的长纱巾，从头顶到后脑，包裹得严严实实……卢娜不敢问她是不是病了，倒是她自己对卢娜说：我做了手术，正在养病，有很多时间可以看书。但我没有力气寻书了，你帮我推荐几本新出的小说，品相要好，故事不要太悲情……卢娜叫道：你为什么不打电话来？我可以把书给你送到家里去的呀！后来，卢娜常常去给她送书；再后来，那个女人去了省城的大医院；再后来，有一天卢娜收到一只小纸盒，打开来，里面是几本新书，一张印着玫瑰花的粉红色信笺飘下来，上面写着几行娟秀的小字：这些新书，我来不及看完了，寄还给你，也许还有别的人可以看。人生在世，读书是一件多么美好的事情……谢谢明光书店。

这几本书，都是她以前从明光书店买去的，封面还像新的一样。卢娜把她的信笺用一只白色的镜框镶起来，挂在书店一角的墙上。读书是一件多么美好的事情。是的，卢娜每天抬头看到这句话的时候，心里总是会微微一颤。即便就是为了她的顾客和书友，明光书店也没有理由不硬撑下去的，至少，她要撑到实在撑不下去为止……

所以，几个月前，那个陌生人来买书那天，临走时对卢娜说：最好把灯光调亮一点。她下意识地环顾四周，微弱的光亮下，飘过了她粉红色的纱巾。有一天晚上她来买书，书店这一线的店家，忽然跳闸了。她耐心等着卢娜点亮了蜡烛，一边安慰卢娜说：不要着急，等一歇歇就会来电的，只要线路没有坏掉就不要紧……

把灯光调亮，自然没有错，但谁能保证电路不出毛病呢？不过，陌生人那句话，毕竟是暖热的。也许就是因为这句话，她一直在等待他再来……

卢娜还记得，大概在半年前，她接过一个电话，是县里一家柑橘贸易公司的老板，也是她老公的一位远亲。老板一开口就是二十万块的订单，凡是古今中外的名著、历史地理经济军事，统统要豪华包装的精装本，书越厚越贵越好，他见过一套一套带锦缎盒子的那种，一盒就要好几万……卢娜一听就明白，老板是要买书当春节礼品。如今上头查得严，给官员送礼收礼是行贿，只剩下送书不违规，这点小心意，既风雅又安全……面对这笔即将到手的大生意，卢娜却并不领情，心说书是用来看的，什么时候图书变成摆设了？不过，老板又补了一句：卢娜，这个订单数目不小，你有得赚了。你卖了那么多年书，晓得什么样的书拿得出手，买什么书，都由你说了算，我十万个放心。但我有一个条件，你听好了：书价嘛，你要按网上进货的价格，加一成给我。如果我让人到网上去买，肯定便宜很多。我把这个单给你做，是为了照顾你的生意，你老公关照过的……卢娜被他噎在那里，半天才换过一口气。她想告诉他，网上卖的那些书，从出版社进价的折扣，都在三折左右，网上书店没有店面房租压力，按五折的价格卖出去，还有赢利空间。何况很多网站也是为了打广告赚人气，常常低价倒赔卖书，属于恶性竞争。而她这样的实体店，一般进货的图书折扣都在六折以上，即使全价卖出去，书店租金、物业管理、图书损耗，加起来占到成本的百分之五十，再加百分之二十的人工成本，一本书的纯利，只剩下一折左右了……她拿着话筒，一时不知该和他怎么说。图书当然是商品，但这个商品的精神价值，恐怕比封底的书价，要高出多少倍呢，算不出来的！她虽然是卖书的，但卖书和卖柑橘，不是同一个生意经。

卢娜想了想，客客气气回答说：你还是到网上去直接进货的好，网上品种齐全，你想要什么都有的……她刚要挂断电话，话筒那边大声喊道：哎哎，好说好说，只要你去帮我买来，价钱好商量，你叫我到网上去买？我又不懂书……卢娜好气又好笑，心里舍不得错过这笔生意，又有老公的情面在里头，便顺势落台，和他讨价还价了一番，柑橘老板知趣地让了价，最后是卢娜五折从网上帮他进货，六折卖给他。礼品书到货，彼此皆大欢喜，这是卢娜去年做成的最大一笔生意了。

春节过后，恰好省城的出版发行业协会举

办一个“让城市留住书店”的研讨会，也邀请卢娜去参加。那天细雨霏霏雾气弥漫，从城区和邻县来了几十个书店老板，大家的衣服都是潮乎乎的，寒气阵阵袭来，一个个身子都缩了起来。轮到卢娜发言，她就把柑橘老板买书的事情讲给大家听了，她说没想到如今电商兼了批发商，看样子实体店以后要去网上进货，直接和电商合作了？

有人打断她说，目前国内电商和实体店的价格竞争，已经危害到整个书业的健康发展，你还说去和电商合作？据说很多发达国家，对实体书店都有严格的价格保护措施，比如说，一本新书上市，半年一年之内，网上买书不可以打折，就像电影院公映大片，三个月内不允许发行影碟一样……众人纷纷点头，议论说这么好的法规，可惜中国怎么就没有呢？政府有责任保护图书的价格稳定，市场经济也是要讲规矩的，不晓得中国以后会不会出台这个政策？

“纯真年代”书吧的经理盛绣接话：现在书店书吧书屋，统统姓“书”，凡是姓书的，都是一家人，但现在民营书店好像是被领养的，不是亲生儿子一样……有人附和：现在书店等于体验店、图书馆，老板花钱开店，读者免费阅读；网上各路神仙打架，网下凡人小民受苦！有人叹气说，现在实体书店不开咖啡吧就活不成，简餐文具，都成了实体店的标配，其实都以非图书的行为在养活书店。这样搞下去，将来书店就快变成美容健身房、台球屋、棋牌室、儿童乐园的“跨界”创意产业了……图书图书，宏伟蓝图变成唯利是图！

省里报刊发行部门的人说：现在社会的整体阅读生态环境不好，这几年城市道路一整改，就把书报亭撤掉了。据说书刊的零售额下降了百分之五十，书报亭开始赔钱，街上那些报亭一个个都不见了，下班就连买一份晚报都不晓得到哪里去买……

牢骚话说了一箩筐，大家心里越发惶然。

后来晓风书屋的褚经理发言。他们夫妻搭档经营的晓风书屋，已在全省开了十几家连锁店，每一家都是不同类型的主题书店。晓风在城区有一家分店，兼顾手工定制蛋糕、烘烤饼干，读书人与不读书的人，都是欢喜的。小褚慢悠悠说，我觉得实体书店正站在一个十字路口，大家都在摸索方向。政府的职责、书店的经营模式、读者的阅读习惯，这三者缺一个环节，都是水桶的那块短板。政府应当有长远眼光，对图书资源进行整体合理配置，用购买公共服务的方式，来扶持实体书店。年年开“两会”，代表委员年年呼吁政府设立“全民阅读日”，阅读方面的具体建议，已经提了很多，我就不重复了。我想说的是书店自身的问题，我倒是不担心没人读书，我想得最多的，是他们到底在读什么？ 读了什么？书店怎样让读者知道什么是好书？怎么选书？如今书太多，普通读者一走进书店就头晕，不晓得哪一种书买了回去，才是自己需要的。我们卖书人要做的，就是把真正的好书送到读者手里。今后书业的发展趋势，不仅仅看流通效益，还要看书店的文化品位，所以书店自身的服务方式要改进，提高书店从业人员对图书的鉴赏能力，假如顾客提问，售货员一问三不知，读者掉头就走了，以后就对买书有排斥心理。我建议政府有关部门，能不能拿出一点资金，定期开办专业训练培训班呢？到了大学生的寒暑假，我们也可以主动招募、选择那些爱书的人，来书店做义工，做图书导购……

卢娜听得心里一阵阵发热，小褚的话句句都和她想到一起去了。晓风书屋进书的门槛高，对每一种书都要设立一个预期的“目标读者”，新书进货之前，提前做好功课，一本都不含糊，就像打靶射箭，不敢奢望命中十环九环，也不至于飞到靶向之外去。卢娜一向很佩服小褚的，自己什么时候能够做到晓风其中一家分店那么好，她就心满意足了。

最后新华书店的老板发言说：我同意小褚的意见，如今实体店确实是在垂死挣扎，但我们自己也要想办法转型自救，创造更多新的销售模式。比方说，可以用图书馆加书店的模式，为大企业、金融界、电子业的高收入员工，提供图书专项服务；零售书店也可以和新华书店合作，新华书店的品种齐全，小书店网点分布广、经营灵活，双方取其所长，加快流转率，把库存全部盘活……有人打断他，说新华书店当惯了老大，民营书店被“收编”，假如不按照新华书店的路数走，新华书店动不动就“断粮”，民营书店等于自投罗网，这个办法行不通……又有人抱怨，说一千道一万，归根结底还是房屋租金。依靠书店的自有资金，租不起好地段的街面房，只好搬到房租便宜的背街区位去，买书的人寻不到店面，客源越发减少，书店利润更少，变成恶性循环。有人提议，应该去找一位政协委员，为书店写个提案，建议设立一个全国性的实体书店基金会，政府拨款加民间募集资金，每年对城镇的大小实体书店，统一进行业绩综合评估。那些信誉好的书店，应当给予减免房租作为奖励。各地闲置的军产房、文化系统内部的空房、商业性楼盘的尾房，都可以想办法调剂出来给书店使用，也可以均衡社区的图书网点分布……

大家又七七八八说了很多，说来说去，除

了网店电商的书价之外，大家最关心的话题，又回到书店的房租上头。有人说，房租房租，必将成为压垮实体书店的最后一根稻草！危言耸听啊，卢娜的明光书店虽然是私产，但她也赞成这个说法。

窗外的小雨一直不停，天空像大家的心情一样灰暗朦胧。会议结束前，省出版物发行业协会的秘书长，给大家简单介绍了去年年底深圳市人大刚刚通过的阅读立法。卢娜觉得新鲜，阅读立法？难道不读书就是违法吗？往下细听，才渐渐明白，这个立法其实就是“全民阅读促进条例”，是为了规范政府行为，也就是说，政府必须为公众提供阅读服务的人才资金以及基本场馆设施，保障市民的文化公共权利，否则就是“不作为”……卢娜早就听说，深圳的读书活动搞得特别好，2013 年被联合国教科文组织评为“全球全民阅读典范城市”，她上网查阅过，深圳市有一座设备先进的中心书城，每个区有区一级书城，所有的街道都配备了功能齐全的书吧。全城的图书馆自动借阅系统，已经覆盖了所有的机关、企业、大专院校……深圳每年都有“读书月”，延续整整一个月时间，举办百十种读书活动，图书不夜城、名家讲座、年度好书颁奖活动，最让卢娜感兴趣的是，深圳读书月活动，其中竟然还设了一个“领读者奖”，专门奖给那些优秀的图书推荐者、书评家，以及民间自发的各种“读书会”……

卢娜觉得眼前渐渐亮起来，天空好像转晴了，一线橘色的夕阳，穿过厚厚的云层，投射到会议室的窗户上，大家都在兴奋地交头接耳，有人提议，出版发行协会应该组织大家去深圳亲眼看一看，差旅费由各个书店自己承担好了。一时间，弥漫在会场上的愁云惨雾，渐渐飘散开去。

希望，亮光！——卢娜在笔记本上潦草地写。又写：坚持！高贵的坚持！

自己呆呆地看了一会儿，却又飞快地涂掉了。

那天散会后，卢娜本想赶紧开车到城西去一趟，她听说，省城有一位作家用自己的工作室，开了一家叫作“理想谷”的书吧，免费为读者提供读书场所。“理想谷”一间大屋，三面墙壁，一格格图书一直顶到天花板上，中间是瀑布一样垂挂的青藤（也许是绿萝或青苔），楼梯呀地板呀，到处都是可以坐下来读书的地方，一伸手就能拿到书。每天都有人从很远的地方专门到“理想谷”来看书，一块钱一杯咖啡，可以坐一天……只要想一想那个场景，就让卢娜激动又感动。她早就打算去一趟，感受一下那里的氛围。但她刚出门，就被晓风书屋的小褚经理叫住了。

褚经理笑吟吟的，好像有什么开心的事情。果然，小褚给她透露了一个消息：刚才大家提的建议里，其中有一项，本省的有关部门已经领先了，专门设立了某项文化建设工程，拨出了一笔专款，给书店作为补贴和奖励，民营书店也有少量名额。本省是沿海经济发达地区，才能拿出这一大笔钱。不过，这个补贴是有条件的，书店的固定资产必须要在一百万以上、连续多年信誉良好，还有营业额呀纳税状况呀，有关部门都要对书店一一进行资产评估……卢娜的明光书店，房产是自主产权，县城的中心地段，一楼一底一百多平方米的房子，起码值个七八十万？加上流动资产，差不多就够百万了，其他条件都应该符合标准的……

面对这个突如其来的“好消息”，卢娜有点发蒙，好像寒冬腊月里，天上掉下一件厚厚的羽绒大衣，把她暖暖地罩在里头。她结结巴巴对小褚说：我不够的不够的，比我做得好的民营书店有的是，你看盛绣的宝石山“纯真年代”书吧，城市名片、文化客厅，好口碑、好业绩、好风景，人人都欢喜，她的名气大、影响大，要评就应该评她……

小褚轻叹一声：“纯真年代”是好，但她的书吧房产租期五年，当年为了装修，把她家的积蓄都用光了，平时书吧的收入，也就够维持日常开销而已，哪里来的百万固定资产呢？好多民营书店，都被卡在这一条上了，我不晓得这种规定是个什么道理。如果书店自己有百万资产，政府补贴也就不算是雪中送炭了。不说了不说了，我看你还是回去算算账，有个思想准备，尽量争取争取……

卢娜倒抽一口冷气。想不到她当年用自家房屋开书店，房产所有权在某一天能救她于水火？也是呢，那些租房开书店的小老板，等于月月在替房东打工。明光书店不用交房租，才算苟活到现在。假如明光书店既要交房租又要养员工，恐怕早两年就关门大吉了。感谢外婆！感谢老公啊！

等她回到县城后不久，县文化局果然有人到店里来“视察”了一番，向她简单介绍了情况，还让她填了好几份表格，书友会的人给她写了读者评议，她还去银行开了纳税证明等等。如此折腾一番之后，不仅没有“好消息”传来，从此连消息都没有了。好像云雾里的那件羽绒服，塘边刚刚才开始养鸭子。一春一夏，即使等到鸭子长大，一寸寸绒毛填进大衣壳里，做成了羽绒服，又哪里就刚好披裹在自己身上呢？卢娜每天发愁操心的事情太多，过了一两个月，就把这个“好消息”，连同开会的热闹都忘在脑后了。在江南这个地方，一年四季，阴天下雨的日子，总归比晴天要多的。

这天下午，她望着那几个年轻人匆匆逃出书店的背影，真想对他们喊一声：要拍封面尽管来啊，说不定再过一年半载，明光书店关门了，你们连拍书的地方都没有了呢!

学生们走了以后，书店又冷清下来。卢娜坐在窗口，望着街上来来往往的行人发呆。她等的那个陌生的取书人，也许不会来了，过几天，她要记得把那本《文化繁荣》退掉。她等的那个老同学，也是永远不会回来了。她究竟还能撑多久呢？说不定哪一天，卢娜会到马路对面的那家装修公司去借一部梯子，亲自爬到书店门上，把“明光书店”那块木匾，从屋檐下摘掉。当他有一天终于想起回乡扫墓的辰光，这里是一扇紧闭的门，他再也寻不见她了。

四

这天下午，老公从湖区放假回家，亲自烧了几样小菜：春笋烧肉、油爆虾、雪菜蚕豆，清蒸鳊鱼，样样都是卢娜喜欢的。儿子临近高考，天天在县中晚自修很迟才回。但卢娜却没有胃口，吃了几口就放了筷子。她晓得老公是想同自己谈天，至少是问问，书店这个月又亏进去多少。但老公见她不想说话，独自喝了几杯闷酒，什么也没说，早早就睡下了。

晚上卢娜翻来覆去睡不着，到了半夜，她一伸手，触到了老公的后背，顺手摸上去，猛地摇晃他的肩膀。黑暗中，她的声音听上去恶狠狠的：嗳嗳，我已经想好了，这样硬撑，越撑亏得越多，儿子要上大学了，家里等着用钱，书店还是早点关门算了！此话既出，她觉得自己的决心已经下定。这话不能让老公说，要由她自己说出来。这一回不说，等他下次回来，又是一两个月拖过去了。

老公睡得死，翻了一个身，好像还没醒，蒙眬中嘟哝一声：开店是你，关店也是你……

卢娜撒娇地蹬了他一脚：你到底管不管嘛？

他总算醒了一半，口齿含糊不清：你再想

想办法嘛，办法总有的……

卢娜赌气翻身，用脊背顶着他。他又不是不知道，所有她能想的办法，不但早已想过，而且做过多少次了：节日促销、新书推介、作家讲座对话、签名售书……到了如今，招数用完，底牌出尽，已是黔驴技穷。在这个县城，就数明光书店的新书周转最快，上架几周，假如一本卖不出，她立马退货。只是，从县城到省城，毕竟相隔百十公里，高速公路的图书运费，都要书店自己承担，进货退货的费用都打入成本，常年来回折腾也是吃不消的。亏得卢娜人缘好，几年来，书友们晓得书店生意清淡，一听书店进了好书，常常故意多买几本拿去送人。有一个中年人，好像是个中学语文老师，一到寒暑假就来买书，后来卢娜终于忍不住好奇问他：寒暑假人家老师都在忙着做家教，你倒有闲工夫看书啊？他这才说了实话：其实我也看不了那么多书，买回去都叠床架屋摞起来，家里堆满了，老婆有意见，我对她说：藏书可以保值升值啊，你看宁波的天一阁，以后传给子孙……他一边说着，一边笑起来：我也不全是为了帮你，家有书香，孩子也受熏陶的……

卢娜晓得，多年的老书友们，都在暗中帮她。但以人情来维持书店，总归不是长远之计。如今的书店，所剩无几的优势，大概也就是人们对纸本书的旧日感情了。老公毕竟不是这个行当的人，他不知道那些大城市的书店，也是各有各的难处。听说只有北京的“万圣书园”，只赚不赔生意笃定。那个老板自己就是个博学的读书人，书店里进进出出的人，都是正儿八经的硕士、博士。万圣书园的咖啡吧和简餐，赚的钱，都不如卖书的利润高。那是因为“万圣”就在北大、清华附近，全国有几个北大、清华呢？“万圣”是个唯一，不能用来做榜样。就说北京的“三联书店”，半个多世纪的老牌书店，首创了“二十四小时营业”制，留住了读者和顾客，赚足了人气。然而，通宵长明的电费，还有夜夜加班的员工工资，算算账，要增加多少经营成本？若没有三联那样殷实的家底，绝对做不下来。又听说贵阳有个“西西弗”书店，在广州遵义等地开了十几家连锁店，每一家都是同豪华大商城合作的，空间宽敞、装潢精美、分类精细……像卢娜这样的小书店，想都不敢想。再比如北京的“字里行间”书店，开张七八年，已经陆续开了十几家连锁店。省出版发行协会有人去北京，见过“字里行间”的老板，“字里行间”采用年度会员制，为会员提供高端阅读服务，所以它有充足的财力，把每一家分店都设计得各具特色，这一家主打书法字画，那一家主题是童书玩具，再一家主营陶瓷工艺，家家都是个性化的书店风格，开在京城最好的黄金地段。这种精品书店模式，特别适合大都市的白领金领阶层。“字里行间”多年来和一家资金雄厚的书业集团联手做出版，出书与发行配套，内循环加外循环，与“西西弗”是不同的路数，真可谓是“八仙过海、各显神通”了。其中一家“字里行间”，外墙是弧形的大玻璃墙面，内墙隔出一大圈书架，靠窗是雅致精美的文房四宝、茶艺茶道，就好像一步踏进了高级会馆，进去就不想出来了。书店的中央空间，摆一张张小方桌，铺着豆绿色的餐布，经营纯正洁净的素餐，闻不到一丝油烟气味，正合书店的品位。来买书的人，想品尝素餐；来就餐的人，顺便买了书带回去……真是各得其所。据说市政府有规定，豪华商圈必须配备文化产业设施，所以那座商贸大厦，给予“字里行间”这种品牌书店的房租价格，显然相当优惠……

可是明光呢？百十平方米的一家民营小书店，简陋寒碜，无依无靠，靠的是卢娜十几年的死缠烂打，不离不弃，她还能有什么绝路逢生的好办法？县城小书店的书，和那些大城市书店的书，除了书店规模不一样，但所有的书和读者，都是一样的啊。为什么卢娜救不了自己的书店，只能眼睁睁看着它在冰海中慢慢沉下去，自生自灭？前几天她看到一条网上留言：这个喜新厌旧、崇尚更新换代的年月，一家老书店倒下去，还有千百家新书店会站起来……看得卢娜从头到脚透心凉。

老公又睡着了，耳边是汽笛一般的呼噜声。卢娜在黑暗中睁大了眼睛，周围看不到一丝亮光。黑沉沉的海面上，风暴骤起，吞没了原来那一线微弱的航标灯。

卢娜没敢告诉老公，今天她的心情特别沮丧，是因为下午书店里，来过一个人。

此人不是那个陌生的买书人，当然更不是她等了多年的那个老同学，而是明光书友会的老会员，下班经过书店，给卢娜带来了一个新消息。老县城的居民，或许对这个消息会有一点兴奋，但是对于卢娜，却如灭顶之灾雪上加霜，她好像跌落在一潭冰水里，浑身瞬间冻僵，只有脑子被冷水刺激得异常清醒：县城东边的那个新区扩建规划中，政府将要把很多大单位搬迁过去，比如县中心医院、县中、农科所、文化局、县人大、政协办公楼、广播电视台、长途汽车站……总之，原先条件不好的那些部门，全都要陆陆续续搬进新区新楼去，新区将逐渐发展成未来的县城中心……

这个消息千真万确，县人大昨天刚刚通过的……说不定明天就登报上电视了！

卢娜差一点就要哭出来了：医院？学校？

政府机关？电视台？这些单位都是目前支撑着明光书店最主要的客源。一旦搬走，等于釜底抽薪，人气散尽，没有了稳定的老客户，书店还怎么开得下去？新区建成之后，老县城必然会逐渐萎缩、凋敝，那么，明光书店还有什么前景可言？

那人又说：新区大发展，老城肯定人心惶惶，我看你，还是早做打算的好……

那人走后，卢娜半天没缓过神，在椅子上傻坐了一会，心里焦灼如焚。她飞快地算了一笔账：假如这个消息是真的，最晚挨到明年，新区落定之后，书店的老顾客就将走得差不多了，书店亏空肯定越来越多，但亏损还是小数目，要命的是，新区投入使用之后，老县城的房价就会快速下跌，那么，自家这座老房子，那时再想出手转让，恐怕都卖不出好价钱了……

眼看已是山穷水尽，前头死路一条，她再也没有什么锦囊妙计了。将来县城老房子跌了价，弄不好连儿子出国留学的保底钱都搭进去——这才是促使卢娜今天突然下决心关闭书店的真正原因。

夜那么长那么黑，窗外连一丝月光都没有。卢娜翻过身，把脸贴在老公热烘烘的脊背上，绝望地抓住了他的手，那只手软绵绵松垮垮，她觉得自己无奈又无助，想哭却哭不出来。

第二天卢娜早早起床，没有心思做早餐，到街上去给老公和儿子买了两杯豆浆四根油条，放在餐桌上，便早早离家去了书店。她想让自己一个人静一静，仔细再仔细地盘点一番：店里现有的库存书，书柜、书架、沙发、桌椅、灯具、电脑等所有的家当，总共能折算多少钱？上半年流水收入总共是多少？还要支付多少即将到货的新书款？……她必须抓紧时间，趁着老城的人都还不知底细，速速把明光书店的“后事”料理完毕，把书店的房产尽快转让脱手，越早越好。书店关张后，她的工作不用发愁，新华书店那边早有人来打过招呼，欢迎她回去当部门主管，她肯不肯去还难说呢……

辰光还早，她开锁进店，觉得光线有点暗，

顺手开了灯，一时灯光亮得晃眼。她抬头，看见了天花板上前些天刚刚新换的灯泡，心里突然一阵刺痛：把灯光调亮？——把灯光调亮，不是愈加费电了吗？她气呼呼地顺手把灯关掉了，省点电吧，能省一点是一点。这家昏暗的书店里，只剩下她的心里，还有一朵小火苗，那么小，那么弱，忽闪忽闪，飘摇不定，而今，这朵风里雨里挣扎太久的小火苗，也终于快要熄灭了……不怪我不怪我，她对自己说，我实在是已经尽力了哦……

就在这时，卢娜听见了手机铃声在响，她走到窗口去拿包取手机，发现原来书店东窗的窗帘还拉着，怪不得书店这么暗。她用手指划开屏幕的接听键，然后把窗帘刷地拉开了。

顷刻间，书店里洒满了亮晃晃的阳光，一格格在书架上跳跃，把书店染得一片金黄。还是开太阳好啊，她对自己说。把灯光调亮，就算再亮，也是夜里。她自嘲地笑了笑。

清晨的阳光下，手机里传来一个爽快的声音。电话是文化局的人打来的，就是上次让她填申请表的那个干部，让她赶紧到局里去一趟，要办手续——什么手续？——你来了就晓得了——你还是说一下吧，我店里忙，走不开呢！——是好事情，你中了头彩了，恭喜恭喜——对不起我从来不买彩票的，不要拿我开心哦——哎呀，你真当拎不清，就是省政府的那笔书店奖励基金，明光书店评上了！——我哪里评得上？你骗我——是真的，不是个小数目，你变百万富翁了，快点过来，上头还要核实几个数据呢……

卢娜终于听清楚听明白了，她的手抖了一抖，手机从掌心滑出去，落在一堆高高码起的书上。她站在窗口一动不动，整个人都好像傻了，然后肩膀轻轻地抖动起来，身子开始战栗。她伸出双手捂住了自己的脸，手心很热很烫，忽然又变得凉湿，泪水透过指缝，从脸颊上哗哗淌下来。她似乎意识到什么，往前挪移了一步。是的，她想躲开那堆书，怕自己的泪水把书弄湿了……她终于哭出了声，惊喜的抽泣，在晴天的阳光里，如急骤的阵雨一样砸下来……

天上云间飘荡的那件羽绒服，在寒风中落下来，披在了她的身上。一百万是多大的一笔钱啊？这么说，明光书店就要起死回生了？可以把这几年累积的债务亏空都补上了，早就想添置的新书柜，也有了着落。老公的工资不用再贴补书店了，积攒起来给儿子上大学交学费。退一万步说，假若书店继续赔钱，一年赔几万块，这笔补贴的钱，也够她再亏损十几年了……她一直想着能把隔壁那家闲置的小阳台买下来，和自家书店打通，在二楼的咖啡吧旁边，再扩建一个儿童书屋，就叫“爱丽丝奇境”，墙上都是爱丽丝那本童话的插图，天花板上全是爱丽丝那个奇幻王国的花草和小动物，孩子们放学了，尽管可以到这里来读书嬉戏做梦……卢娜已经完全忘记了老县城和新区的事情，思绪纷乱，忽喜忽忧，她仍然不敢相信，这样的好运气会降临到她头上。也不知道过了多久，她听见有人推门的声音，是员工来上班了。她赶紧用纸巾揩净泪水，换了一副喜气洋洋的笑脸，对员工简单吩咐了几句，顶着阳光去了文化局。

卢娜从文化局回到店里，已近中午。她从街上的灯具店里，买了一盒 40 瓦的飞利浦灯泡——把灯光再调亮一点！她要让明光书店的老顾客们，老远就看到书店的灯光，无论夏夜冬晚，每天每天，天刚刚黑下来，明光书店的灯光就唰地亮了。如果她的资金宽裕，最好把书店临街的窗户也扩大一倍，宽敞明亮的一长排玻璃，等到夜幕降临，玻璃窗内的灯光雪亮雪亮，明光书店就像一座透明的水晶宫，所有的书都在闪闪发光……总有一天，他回老家来看看，一眼就会看到明光书店。如果有那么一天，卢娜会告诉他：当年你说过，只有知识才能改变命运，是的，你做到了。你苦学的知识，改变了你的命运。但我不是。这么多年，书本没有改变我的命运，但改变了我。我办了明光书店，我的书店给人送去知识，知识可以帮别人改变命运……

这么一想，卢娜的眼泪又流下来了——不对！不是知识改变命运，是文化！不对，文化也不一定能改变命运，但可以改变人！我不再是那个高考落榜的自卑女孩，我活得对人有用，我充实、我知足……我一点都不比你差！

傍晚时分，卢娜和员工简单用过晚餐，正抬头欣赏着白天刚换上的新灯泡，她觉得明光书店从来没有这么亮堂这么美妙，灯光简直可以用“璀璨”这个词来形容。她看过很多国外书店的图片，高低错落的书架、精致素雅的装潢，再配上明暗适度的灯光，那种弥漫着书卷气息的宁静氛围，充满了世界上所有其他场所都没有的神奇魅力。

就在这天晚上，明亮的灯光下，出现了一个人影。卢娜眯起眼，打量这个有点面熟的生客，忽然想起他就是几个月前那个要盖书章、要她代购《文化繁荣》那本书的省城顾客。他快步朝她走过来，身后还跟着另一个人。他抬起头，环顾天花板的灯池，笑容满面地说：嗬，灯光调过了？书店亮了许多哦！我老远就看见了。

他终于想起来取书了？他会不会再一口气

买二十多本书呢？

接下来的事情，完全出乎卢娜的意料。好像所有奇怪的新鲜的事情，都集中到今天来发生了。这个人对卢娜说了很多话，后来，同他一起来的那个人，也对卢娜说了很多话。卢娜的头脑不够用了，一时反应不过来，几乎无法判断这究竟是好事情还是坏事情。她好像听见他说，县城新区的整体规划中，需要有一家书店，中等规模的书店。但是老县城的新华书店，由于种种原因，暂时无法搬迁。他想到了明光书店，他推荐了明光书店，明光书店的信誉度和知名度，开在新区再恰当不过了。新区将为书店预留五百平方米门面房，作为公益书店，房租优惠到可以忽略不计。他今天就是和有关部门的人先来征求意见，也算考察调研，事情一旦列入规划，就按正规程序进行……

他还提到了城市发展战略、提到了公民的文化权利，提到了热爱、尊重、介入什么的，卢娜的脑子嗡嗡响，下意识嗯嗯地点头。只觉得他的话音一声声落下，头顶的灯光一盏盏亮起来，他的眼镜片也被灯光映得闪闪烁烁。卢娜忽然莫名其妙地觉得有点紧张，假如一旦停电，眼前的一切都会重新陷入黑暗中去？

卢娜渐渐冷静下来，望着灯光下地板上人与书堆的一条条暗影，心里有了些许疑惑。她暗自思忖：假如明光书店真的搬到新区去，那么县城书店的老顾客怎么办呢？新区那么远，总不能让那些书迷书虫书痴，为买一本书专门跑到新区去……再说，开了新书店，老书店还开不开呢？让她同时打理两家书店，哪里来那么多人力和精力？开张一家五百平方米的新书店，装修就需要一大笔钱。这笔费用怎么出？政府有没有补贴？新区建成后，一年半载的，顾客肯定不会太多，书店十有八九会亏损，这笔亏空她背得起背不起呢？假如亏损都要她自己承担，她是不敢应承下来的。这个新区未来的新书店，就像那笔天上掉下来的补贴一样，把她刚刚想好的老书店发展计划，全都打乱了……

再说了，面前这个人，是否知道卢娜很快

就要领到一百万补助的事情呢？他不会是和文化局串通一气的吧？因为卢娜得到了政府的奖励，他们才会选中明光去开新店？她心里一点底也没有。

卢娜定了定神，故意把话题岔开去，对那个人说：对了，你要的那本《文化繁荣》的书，我早就帮你买来了，你还要不要？

那人连连谢过卢娜，掏钱把书买下了。他说：你先考虑考虑吧，文化建设的事情，急不来，一个好项目，从创意到最后完成，需要反复论证，我们还要继续沟通的。又有几分抱歉地加了一句：上次买的那些书，还没看完，今天就不买书了。你把好书给我留着，过些天我们再来。

临走前，他给卢娜留下了一沓表格，请卢娜有时间填写一下。

又是表格，卢娜看了一眼，接过来，又飞速地看了一眼那个人。他到底是做什么的呢？看样子，他不是教授，而是个文化官员？至少是主管新城的规划师？现在的人，身份都比较复杂，不像从前那么一目了然。她在心里懊恼自己的眼光不灵，上次他连个跟班都没带，卢娜到底还是看走眼了。像他这样欢喜读书的“规划师”，莫非就是书友们闲谈中提到过的那种“体制内的清流”吗？卢娜吃不准。

那天晚上，卢娜回到家，和老公一五一十地说了今天书店里发生的一连串怪事。说了天上掉下来的大额补贴，说了那个神秘的顾客，又说了新区未来的书店。说来说去，说得她自己也绕进去了。卢娜索性摊开了两只手，上下颠着手掌说：喏，给你简单打个比方吧，假如去新区再开一家明光分店，就好比我一只手拿进了一百万补贴，又从另一只手里赔出去了。

老公点头不语。卢娜又说：这一进一出，不是等于还同原来一样嘛。

卢娜大声说：你听见没有啊？我昨天夜里和你说过的那些话，你听清爽了吗？

听见了，不过没听清爽。老公说，我当你是在说梦话。

卢娜有点恼，嗔怪地提高了声音：我想来

想去，明光书店还是关门的好。老店没开好，再去开新店，找死啊！那笔补贴，我给他们退回去！我不去新区开店，我要和老书店同归于尽！

老公嘿嘿笑起来，笑得卢娜心里发慌。结婚二十多年，老公从来不和她吵嘴。他是一块牛皮糖，咬起来蛮吃力，经咬。

老公开口说：好了好了，我听懂了。反正你每天不是说梦话，就是说气话。卢娜，我晓得你开书店十多年，没一天好日子过。但是，假如你从此不开书店，恐怕就活不成了。

卢娜心里一紧。那个叫明光的博士，就算此刻站在她面前，也说不出这句话来。

命总比钞票要紧，你年纪还轻呢，我要你活着！

卢娜鼻子一酸，眼圈就红了。心里那朵奄奄一息的小火苗，“呼”地一下蹿上来，燃成了一蓬金红色的火焰。

那么，到底要不要去新区开分店呢？

我反正不欢喜看闲书的。老公慢吞吞说。你的书店，你自家做主！我只晓得，秦始皇焚书，后世的骂名都留在书里。嬴政也没赢过书去，他是输在书里头的，最后还是书赢了……

卢娜慢慢伸出双臂，环住了老公的腰，把脸贴在老公的胸前，他胸口散着热气，像一件厚厚的羽绒服，把她包裹起来。能坚持到哪天算哪天吧，她劝慰自己。心里那朵小火苗微微颤了颤，“噗”地蹿起了一团火焰。

隔着一条街、隔着几道墙，卢娜看见“明光书店”四个字，在夜空里通体透亮。

水电火电风电核电，只要线路没有坏掉，灯光总归会重新亮起来的吧？

图书在版编目(CIP)数据

未未 /张抗抗著. 一福州:海峡文艺出版社,2024.6
(独角马中篇轻读文库)
ISBN 978-7-5550-3752-1

Ⅰ.I247.5

中国国家版本馆 CIP 数据核字第 2024XB7935 号

未未

张抗抗　著

出 版 人　林　滨
责任编辑　陈　瑾
特约编辑　刘晓闽
出版发行　海峡文艺出版社
社　　址　福州市东水路 76 号 14 层
发 行 部　0591—87536797
印　　刷　福建新华联合印务集团有限公司
厂　　址　福州市晋安区福兴大道 42 号
开　　本　787 毫米×1092 毫米　1/32
字　　数　84 千字
印　　张　6.75
版　　次　2024 年 6 月第 1 版
印　　次　2024 年 6 月第 1 次印刷
书　　号　ISBN 978-7-5550-3752-1
定　　价　28.00 元

独角马·中篇轻读文库

遭遇“王六郎” 梁晓声
未未 张抗抗
我本善良 王祥夫
在传说中 蒋 韵
那一天 尹学芸

与永莉有关的七个名词 张 楚
歧园 沈 念
天体之诗 孙 频
乌云之光 林 森
暖阳和他的花雕马 肖 睿

此处有疑问 杨少衡
仰头一看 林那北
身体是记仇的 须一瓜
风随着意思吹 北 村
角斗士 李师江